Renate Welsh

Das große Buch vom Vamperl

Renate Welsh lebt als freie Schriftstellerin in Wien. Sie hat viele engagierte Kinder- und Jugendbücher geschrieben, für die sie neben zahlreichen anderen Auszeichnungen mehrfach den Österreichischen Staatspreis und den Deutschen Jugendliteraturpreis erhielt. 1995 wurde ihr Gesamtwerk mit dem Österreichischen Würdigungspreis ausgezeichnet. Mit dem ›Vamperl‹ schuf Renate Welsh einen seit vielen Jahren beliebten Klassiker der Erstleseliteratur; bei dtv junior sind sowohl die Einzelbände vom ›Vamperl‹ als auch eine englische Ausgabe (›Little Vampie‹) lieferbar.

Heribert Schulmeyer, geboren 1954, zeichnet schon seit seinem zwölften Lebensjahr. Er studierte an der ehemaligen Kölner Werkschule im Fachbereich Illustration und Freie Grafik und schlug dann eine Laufbahn als Comiczeichner und freier Künstler ein. Heute lebt und arbeitet der Illustrator in Köln und ist für verschiedene Verlage sowie fürs Fernsehen tätig.

Renate Welsh

Das große Buch vom Vamperl

Mit Bildern von
Heribert Schulmeyer

Deutscher Taschenbuch Verlag

Der vorliegende Sammelband
umfasst die drei Einzelbände ›Das Vamperl‹,
›Vamperl soll nicht alleine bleiben‹ und
›Wiedersehen mit Vamperl‹.

Das gesamte lieferbare Programm von dtv junior
und viele andere Informationen finden sich unter
www.dtvjunior.de

Ungekürzte Ausgabe 2010

Umschlagkonzept: Balk und Brumshagen
Umschlagbild: Heribert Schulmeyer
Gesetzt aus der Fibelschrift 14,25/21,5'
Satz: Greiner & Reichel, Köln
Druck und Bindung: Kösel, Krugzell
Gedruckt auf säurefreiem, chlorfrei gebleichtem Papier
Printed in Germany · ISBN 978-3-423-76010-2

Das Vamperl

Ein Spinnennetz voll Überraschung

Frau Lizzi war nach dem Taufschein siebenundsechzig Jahre alt. Aber sie fühlte sich nicht wie siebenundsechzig.
»Nur in den Gelenken«, sagte sie manchmal. »Da fühle ich mich wie siebenundneunzig. Besonders, wenn das Wetter umschlägt. Aber sonst nicht. Die Zeit zwischen zwei Geburtstagen ist ja auch viel zu kurz. Wie soll man sich so schnell daran gewöhnen, dass man wieder ein Jahr älter ist?«
Wegen der Gelenke war Frau Lizzi zur Kur gewesen. Jetzt ging sie die Treppe hinauf. In einer Hand trug sie die Reisetasche, in der anderen einen kleinen Koffer.
»Die Treppe ist auch nicht niedriger geworden«, seufzte sie. Sie sperrte die Wohnungstür auf, stellte ihr Gepäck ab und riss die Fenster auf.

8 Dann sah sie sich um. Überall lag Staub. Der Staub von drei Wochen. Frau Lizzi krempelte die Ärmel hoch. Sie begann, die Wohnung sauber zu machen. Während sie arbeitete, sang sie:

»In düstrer Waldesschlucht und alten Mauern,
Wo Füchse schleichen und der Uhu krächzt,
Da überkommt dich, Freund, ein kaltes Schauern,
Weil der Vampir nach deinem Blute lechzt.

Die schöne Adelheid von siebzehn Jahren
Ging einstens hin zum Walde ganz allein.
Es war ihr Liebster in die Welt gefahren,
Sie wollt' ihm eine Abschiedsträne weih'n.

Da hört' sie plötzlich eine Stimme sagen:
»Warum, o Mädchen, bist du so allein?
Ach, würde doch dein Herz für mich nur schlagen!
Du solltest eine Königin mir sein.

Ich würde dich in Samt und Seide kleiden,
mit Zuckerbrot und Wein dein Herz erfreun.
Und nie und nimmer würd' ich von dir scheiden,
wollt'st du mein Weib und meine Herrin sein!«

Die schöne Adelheid, sie lauscht dem Werben.
Ach, Adelheid, wie ist dein Mund so rot!
Noch eh die Sonne sinket, musst du sterben,
liegst bleich und still im Moose und bist tot.«

Frau Lizzi sang gern bei der Arbeit.
Sie hatte Lieder für heiße Tage und Lieder für kalte Tage. Dieses war ein Lied für heiße Tage, weil es ihr dabei immer so kalt über den Rücken lief.
»Das hätten wir«, sagte Frau Lizzi. »Und jetzt koche ich mir einen guten Kaffee. Der im Kurheim war das reinste Abwaschwasser.«
Frau Lizzi redete oft mit sich selbst. Seitdem ihre Mutter vor fünfzehn Jahren gestorben war, lebte sie allein.
»Also, das geht nicht«, sagte sie. »Nicht in meiner Küche! Es ist zwar ein besonders schönes Spinnennetz, aber hier hat es nichts zu suchen.«
Sie legte das Bodentuch um den Besen und holte das Spinnennetz herunter. Als sie das Bodentuch ausschütteln wollte, stutzte sie. »Nein!«, sagte sie. »Das gibt es nicht. Das gibt es nicht, weil es nicht wahr sein kann. Und das, was nicht wahr sein kann, das gibt es nicht.«

Sie wischte sich den Schweiß von der Stirn. Sie putzte ihre Brille und setzte sie wieder auf.

Es stimmte doch.

Auf ihrem Bodentuch lag inmitten der Spinnweben ein winziger Vampir. Er schlief.

Frau Lizzi nahm das Bodentuch mit zwei Fingern und legte es auf die Kohlenkiste.

Der Vampir schlief ruhig weiter.

Es klopfte an die Wohnungstür.

Draußen stand Frau Anna. Hinter ihr kam Flocki, ihr Foxterrier.

»Guten Abend, Frau Lizzi«, sagte Frau Anna. »Schön, dass Sie wieder da sind. Wie war die Kur? Hat sie Ihnen gutgetan?«

Flockis Nasenlöcher weiteten sich. Er drängte sich zwischen Frau Annas Beine, zog den Schwanz ein und begann zu jaulen.

Frau Lizzi stotterte: »Die Kur? Welche Kur? Ach, die Kur …«

Flocki heulte so laut, dass Frau Anna ohnehin kein Wort verstand. Sie bückte sich zu ihm, tät-

 schelte ihn und sagte: »Flockileinchen, wer wird denn so dumm sein? Das ist doch die Frau Lizzi! Die dir immer die schönen Knochen schenkt. Du kennst doch die Frau Lizzi, Flocki!«

Flocki jaulte nur noch lauter. Frau Anna wurde ärgerlich, dann zornig. »Wirst du sofort aufhören, du Mistvieh!«

Als auch das nichts half, hob sie drohend die Hand. »Blöder Hund! Du bekommst gleich …«

»Nein!«, sagte Frau Lizzi. »Nicht schlagen! Der Flocki ist nicht dumm. Der Flocki ist sogar ein sehr kluger Hund.«

Sie ging zur Kohlenkiste.

»Da, sehen Sie selbst, Frau Anna!« Frau Lizzi schlug die Zipfel des Bodentuches auseinander. Frau Anna schrie auf.

Flocki scharrte wie verrückt an der Wohnungstür und jaulte, bellte und winselte dabei.

»Also, ich muss schon sagen …«, schrie Frau Anna.

»Lassen wir erst den Flocki hinaus!«, schrie Frau

Lizzi. »Sonst wird noch das ganze Haus verrückt von dem Krach!«

Frau Anna sperrte Flocki in ihrer Wohnung ein. Dann kam sie zurück und stellte sich mit verschränkten Armen vor die Tür.

»Das ist doch ein Vampir!«, sagte sie streng.

»Genau das habe ich auch gedacht«, sagte Frau Lizzi.

»Und was machen wir jetzt?«

»Das weiß ich eben noch nicht!«

Der kleine Vampir nuckelte an seinem Vampirdaumen.

Frau Anna schüttelte sich. »Werfen wir ihn ins Klo! Und fest nachspülen!« Sie wollte nach dem Tuch greifen.
Frau Lizzi fiel ihr in den Arm. »Nein, also das nicht! Er ist doch noch so winzig.«
Frau Anna musterte Frau Lizzi von oben bis unten. Dann schüttelte sie den Kopf. »Dann werfen Sie ihn eben in den Müll, wenn Sie schon ein so weiches Herz haben. Aber beeilen Sie sich, die Müllabfuhr kommt gleich. Und ich würde ihn nicht hineinwerfen, wenn die Tonne leer ist. Man kann nie wissen. Am Ende klettert er wieder heraus.«
»Nein«, sagte da Frau Lizzi. »Das wäre nicht recht. Was kann denn ein Vampir dafür, dass er ein Vampir ist? Zuerst bin ich ja auch erschrocken. Aber sehen Sie sich doch nur seine winzigen Hände an!«
Frau Anna wollte weder die winzigen Hände noch sonst etwas sehen. »Ich bitte Sie, Frau Lizzi! Ein Vampir in unserem Haus! Nicht auszudenken ist das. Stellen Sie sich nur vor: Sie

schlafen und er kommt und saugt Ihnen das Blut aus – bis auf den letzten Tropfen. Wenn Sie aufwachen, sind Sie längst tot!«

Je mehr Frau Anna auf sie einredete, umso entschlossener wurde Frau Lizzi, den kleinen Vampir weder in die Mülltonne noch in das Klo zu werfen. Es tat ihr leid, dass sie überhaupt etwas gesagt hatte. Sie dachte nur noch daran, wie sie ihre Nachbarin loswerden könnte.

»Ich mache es für Sie«, bot Frau Anna an. »Die Spinnen muss auch immer ich wegtun, weil es meinem Mann so graust. Sie können das doch gar nicht verantworten. Wenn Sie schon nicht an sich denken, dann wenigstens an die anderen Mieter! Außerdem sind Sie doch so beliebt im ganzen Haus. Es wäre uns allen leid um Sie. Und die Kränze sind furchtbar teuer um diese Jahreszeit.«

Frau Lizzi warf einen Blick auf den kleinen Vampir. Er verzog im Schlaf die Schnauze. Es sah fast aus, als lächelte er.

 »Wenn Sie mich jetzt entschuldigen, Frau Anna«, sagte sie. »Ich bin müde von der Reise. Der Arzt hat gesagt, ich muss mich unbedingt hinlegen, wenn ich müde bin.«

Frau Anna ging kopfschüttelnd weg.

Sie war überzeugt davon, dass Frau Lizzi nicht mehr richtig im Kopf sein konnte.

Sie holte Flocki, der immer noch winselte, und drehte mit ihm eine Runde. Dann fasste sie einen Entschluss. Sie klingelte an der Wohnungstür ihrer anderen Nachbarin, der Frau Maringer.

Frau Lizzi hatte inzwischen scharf nachgedacht. Der Vampir, hatte sie gedacht, ist ja noch winzig. Der weiß noch nicht, wie Blut schmeckt. Wenn ich ihn mit Milch aufziehe, kommt er erst gar nicht auf den Geschmack. Meine Großmutter selig hat schon immer gesagt: Wie man in den Wald ruft, so schallt es zurück.

Frau Lizzi deckte den kleinen Vampir mit einem Taschentuch zu, lief hinunter und kaufte eine

Flasche Milch. Dann kaufte sie in der Spielzeughandlung eine Puppenflasche.
Daheim wärmte sie die Milch mit etwas Zucker und füllte sie in die Puppenflasche.
Der kleine Vampir wachte eben auf.
Sein spitzes Mäulchen verzog sich. Er fiepte leise.
Frau Lizzi nahm ihn behutsam in die linke Hand.
Mit der rechten steckte sie ihm den Sauger in den Mund.
Der kleine Vampir schluckte und lächelte und schluckte und lächelte. Sooft er schluckte, strampelte er mit seinen dünnen, haarigen Beinchen.
Das kitzelte Frau Lizzi in der Hand.
Als die Flasche leer war, rülpste der kleine Vampir. Dann rollte er sich in Frau Lizzis Hand zusammen und schlief wieder ein.
Sie überlegte, wie sie ihm ein Bettchen machen konnte.
Sie nahm die Silberkette aus der Schmuckschachtel und legte den kleinen Vampir auf die

himmelblaue Watte. Sie deckte ihn mit dem Taschentuch zu und stellte ihn auf das Fensterbrett im Zimmer, wo die Sonne hinfiel.

Keine Ruhe zum Kaffee

Frau Lizzi freute sich auf ihren Kaffee. Sie nahm eine Tasse aus dem Schrank und stellte die Zuckerdose auf den Küchentisch. In diesem Augenblick klopfte es.

Frau Anna und Frau Maringer kamen herein.

»Ich habe Kaffee gekocht«, sagte Frau Lizzi. »Wollen Sie einen Schluck mit mir trinken?«

Frau Anna und Frau Maringer blickten einander an.

»Nein, danke«, sagte Frau Maringer streng. »Wir müssen mit Ihnen reden.«

»Bitte sehr«, sagte Frau Lizzi. Sie bot den beiden Damen Stühle an.

Frau Anna wollte sich schon setzen, aber Frau Maringer schüttelte den Kopf. Da richtete sich auch Frau Anna wieder auf.

»Sie kennen doch die Hausordnung?«, fragte Frau Maringer.

»Natürlich kenne ich sie«, sagte Frau Lizzi. »Wenn es um den Kellerschlüssel geht, den habe ich vor meiner Abfahrt …«

Frau Anna unterbrach sie: »Es geht nicht um den Kellerschlüssel.« Frau Maringer räusperte sich. Frau Anna verstummte.

»Sie wissen doch, dass das Halten von Haustieren ohne ausdrückliche Genehmigung des Hausbesitzers verboten ist?«, fragte Frau Maringer.

»Natürlich«, sagte Frau Lizzi.

»Ebenso wie jegliche Gefährdung anderer Hausbewohner strengstens untersagt ist«, fuhr Frau Maringer fort.

»Selbstverständlich«, sagte da Frau Lizzi. »Verzeihung, ich muss nur die Tür zumachen. Es zieht hier so.« Sie schloss die Tür zum Zimmer. Fang bloß nicht an zu fiepen, dachte sie. Sie atmete tief ein.

»Wenn es um das Tier geht«, begann sie, »können Sie ganz beruhigt sein.«

Frau Anna seufzte erleichtert auf. Sie wandte

sich an Frau Maringer: »Sehen Sie? Ich war ja gleich dagegen, zur Polizei zu gehen. Aber Sie müssen ja immer mit großem Geschütz auffahren.« Frau Maringer runzelte die Stirn. »Wieso ich? Sie haben gesagt, dass Sie kein Auge zutun werden!«
Die beiden musterten einander giftig.
Frau Maringer tappte ungeduldig mit dem Fuß. Dann sagte sie: »Übrigens hat Ihr lieber Flocki erst unlängst wieder vor meiner Tür ... Sie wissen schon!«
»Mein Flocki!«, rief Frau Anna entrüstet. »Passen Sie doch besser auf Ihren Bello auf! Erst neulich hat er meinen Flocki angeknurrt und angefletscht, dass der Arme vor Schreck drei Stufen hinuntergefallen ist. Ich musste mit ihm zum Tierarzt gehen!«
Die beiden Frauen kamen immer mehr in Fahrt. Erst als Frau Lizzi sie zu beruhigen versuchte, wandten sie sich wieder an sie.
»Es war ja auch Ihretwegen, Frau Lizzi«, sagte

 Frau Anna. »Weil es doch schade wäre um Sie. Sie nehmen es uns doch nicht übel, nicht wahr?« Frau Maringer trat einen Schritt vor. »Was ich noch fragen wollte: Wie haben Sie denn – die Angelegenheit erledigt, Frau Lizzi?«
Frau Lizzi war nahe daran, sie hinauszuwerfen. Dann überlegte sie: Das bringt doch nur neuen Ärger.
Frau Maringer blickte erwartungsvoll.
»Jetzt ist aber Schluss!«, sagte Frau Anna. »Sie merken doch, wie Sie die Frau Lizzi quälen. Hauptsache, sie hat es getan. Ist doch egal, ob sie ihn ins Klo geworfen hat oder in den Müll, ob sie ihn zertreten oder …«
»Das ist ganz und gar nicht egal, meine gute Frau Anna! Aus der Mülltonne hätte er wieder herauskriechen können. Man wäre seines Lebens nicht mehr sicher!« Frau Maringer ging einen Schritt näher zu Frau Lizzi und sah ihr tief in die Augen. »Sagen Sie mir ehrlich: Haben Sie ihn in den Mülleimer geworfen?«

»Nein«, sagte Frau Lizzi.
Und das war die reine Wahrheit.
Endlich gingen die beiden.
Frau Lizzi öffnete die Zimmertür wieder.
Der kleine Vampir hatte das Taschentuch fortgestrampelt. Frau Lizzi hoffte, dass er sich nicht verkühlt hatte. Die Sonne schien schon lange nicht mehr auf das Fensterbrett.
Die spitze Vampirschnauze begann sich zu bewegen.
Die haarigen Beine begannen zu strampeln.
Die haarigen Arme begannen zu rudern. Dann fiepte der Vampir. Das Fiepen war nicht laut, aber es war durchdringend.
Frau Lizzi rannte in die Küche und füllte Milch in die Puppenflasche. Sie steckte dem Vampir den Sauger in den Mund.
»Sei still! Sei um Himmels willen still! Das ist wichtig, verstehst du? Du musst es ganz einfach verstehen! Auch wenn du es nicht verstehen kannst.«

Sie wiegte den kleinen Vampir hin und her.
»Dass ich die beiden angelogen habe, das tut mir gar nicht leid. Die sind selbst schuld. Solche wie die muss man anlügen. Weißt du, Kleiner, ich bin ja auch ganz schön erschrocken. Man ist eben nicht gefasst auf einen wie dich. Aber wir schaffen das schon, wir zwei. Ich bitte dich nur um alles in der Welt, sei still, wenn jemand da ist. Es darf dich keiner hören. Und erst recht kei-

ner sehen. Die Leute haben keinen Sinn für eine Vampirschönheit, verstehst du? Denn schön finden sie nur, was ihnen ähnlich sieht.«

Frau Lizzi wusste genau, dass der kleine Vampir sie nicht verstehen konnte. Trotzdem redete sie mit ihm.

Wer weiß, dachte sie, vielleicht lernt er es mit der Zeit. Menschenkinder verstehen ja am Anfang auch kein Wort und freuen sich trotzdem, wenn man mit ihnen spricht.

Sie zerschnitt ein altes Taschentuch zu winzigen Windeln für den kleinen Vampir. Sie gab ihm die Flasche.

Als er wieder in seinem himmelblauen Wattebett lag und schlief, wollte sie endlich ihren Kaffee trinken.

Der Kaffee war kalt.

Das störte sie nicht weiter. Kalter Kaffee macht angeblich schön. Aber es störte sie, dass die Milch eine Haut hatte. Sie hasste Haut auf der Milch.

 »Weil sich diese beiden auch immer in anderer Leute Angelegenheit einmischen«, schimpfte sie.
Sie fischte die Haut aus dem Milchtopf. »Pfui Teufel!«, sagte sie. Dabei schüttelte sie den letzten Rest schlechten Gewissens darüber ab, dass sie gelogen hatte.
Haut auf der Milch! Das ging zu weit.

Vom Fliegenlernen und anderen Künsten

Der Vampir wuchs schnell.
Nach einer Woche war die Schmuckschachtel zu klein für ihn.
Nach zwei Wochen war die Knopfschachtel zu klein für ihn.
Frau Lizzi strickte eine bunte Decke aus Wollresten und richtete ihm ein Bett im Nähkorb ein.
Er hielt jetzt selbst seine Flasche beim Trinken.
Er benutzte die Kiste mit Sägespänen, die Frau Lizzi für ihn ins Klo gestellt hatte.
Er legte den Kopf schief, wenn sie mit ihm redete. Er hörte zu. Manchmal fiepte er leise und das klang wie eine Antwort.
Frau Lizzi ließ jetzt immer das Radio laufen.
»Sicher ist sicher«, sagte sie. »Wenn die Nachbarn am Ende doch etwas hören, kann ich immer sagen: Es war das Radio.«

 Beim Einkaufen beeilte sie sich. Sie hatte Angst, der Vampir könnte etwas anstellen.
Die Milchfrau, der Gemüsemann, der Metzger und der Zeitungsverkäufer wunderten sich, dass Frau Lizzi nie mehr Zeit zum Plaudern hatte.

Der kleine Vampir saß gern auf dem Fensterbrett und guckte hinaus auf die Straße.
Er kletterte an den Vorhängen hoch und schaukelte an der Vorhangschnur.
Er saß auf Frau Lizzis Schulter, wenn sie kochte.
Manchmal fiepte er ihr ins Ohr. Das kitzelte.
Einmal kitzelte es so sehr, dass sie den Kochlöffel in die Tomatensuppe fallen ließ. Danach waren Frau Lizzi und der kleine Vampir über und über voll mit roten Tupfen. Es sah aus, als hätten sie Masern. Oder Scharlach.
In der dritten Woche machte der Vampir seine ersten Flugversuche. Er kletterte auf den Küchenstuhl.

Er breitete die großen, dünnen Flügel aus. Das knisterte wie Seidenpapier.
Er flappte ein paarmal mit den Flügeln.
Dann sprang er los.
Im Fallen vergaß er, mit den Flügeln zu schlagen, und landete auf dem Bauch.

Er fiepte kläglich.

Frau Lizzi kam aus dem Zimmer gelaufen. Sie hob ihn auf. Sie streichelte und tröstete ihn.

Sie tastete seine Arme und Beine ab.

»Gebrochen ist nichts«, sagte sie erleichtert. Sie kochte ihm zur Beruhigung einen Kamillentee.

Der Vampir mochte keinen Kamillentee. Er blies ihn aus seiner spitzen Schnauze. Frau Lizzis Brillengläser wurden angesprüht und hätten Scheibenwischer gebraucht.

»Marsch ins Bett!«, schimpfte sie. Sie trug ihn ins Zimmer und ging in die Küche zurück, wo inzwischen die Milch übergekocht war. Fünf Minuten später machte er seinen zweiten Flugversuch. Diesmal startete er vom Fensterbrett. Und diesmal ging es viel besser.

Als Frau Lizzi wieder hereinkam, flog er ihr auf den Kopf. Sie erschrak furchtbar und schrie auf.

Der kleine Vampir zauste ihr zärtlich die Haare.

An einem Sonntagmorgen hörte Frau Lizzi Geschrei im Treppenhaus. »Um Himmels willen,

was ist denn da passiert?«, fragte sie und riss die Wohnungstür auf.
Im dritten Stock schimpfte Frau Müller mit ihrem Sohn Hannes.
Er war bei seiner Großmutter gewesen und hatte von ihr einen Korb Äpfel geholt. Auf dem Heimweg war er am Spielplatz vorbeigekommen. Dort spielten seine Freunde Fußball.
»Hannes!«, riefen sie. »Die führen schon drei zu eins! Komm!«
Hannes stellte den Korb hin und spielte mit. Dass er seine Sonntagshose anhatte, fiel ihm überhaupt nicht ein.
Jetzt war ein Loch in der Hose und ein großer Grasfleck.
»Da komm her!«, schrie Frau Müller. »Und hol dir deine Ohrfeigen! Die hast du redlich verdient. Wie oft habe ich dir schon gesagt, dass du auf deine Sachen aufpassen sollst? Du glaubst wohl, dass das Geld auf den Bäumen wächst? Gleich wirst du sehen, was auf den Bäumen wächst!«

Hannes fing an zu weinen. Der Korb fiel um. Äpfel kollerten laut polternd über die Treppe.
»Dir werde ich noch Grund zum Heulen geben! Herkommen, habe ich gesagt!« Frau Müller holte aus.

Frau Lizzi wollte sie daran erinnern, dass Kinder an andere Dinge denken als Erwachsene. Und dass Hannes nichts Böses im Sinn gehabt hatte. Aber als sie den Mund aufmachte, huschte der Vampir an ihr vorbei. Jetzt ging alles blitzschnell. Der Vampir turnte am Treppengeländer entlang hinauf in den dritten Stock. Er flatterte hinter Hannes vorbei. Er flog direkt auf Frau Müller zu, auf ihren Bauch.

Frau Lizzi wurde schlecht vor Angst.

Sie schloss die Augen.

Sie wollte nicht sehen, was jetzt kommen musste.

»Au! Da hat mich etwas gestochen!«, rief Frau Müller. »Gibt es denn Wespen bei uns im Haus?«

Frau Lizzi blinzelte.

Sie sah, dass der Vampir flügelschlagend vor Frau Müllers Bauch in der Luft stand. Vor ihrer Galle.

Wo die Galle war, wusste Frau Lizzi ganz genau. Sie war vor einem Jahr an der Gallenblase operiert worden.

Jetzt zog der Vampir seine spitze Schnauze aus Frau Müllers Galle. Frau Müllers Arm fiel herab. Der Vampir machte eine Kehrtwendung. Er flatterte zurück in Frau Lizzis Wohnung.

Frau Müller fuhr Hannes durch die Haare. »Weißt du, wie du aussiehst? Wie der Tormann nach einem Länderspiel im Regen!«

Hannes starrte seine Mutter mit offenem Mund an.

Sie lächelte. »Wer hat eigentlich gewonnen?«

»Ge-wie, ge-wo, ge-was?«

»Gewonnen, beim Fußball natürlich«, sagte seine Mutter. »Wo sonst? Was ist denn los mit dir, bist du krank?«

Hannes machte langsam den Mund zu. Er schüttelte sich die Haare aus der Stirn.

»Wir haben gewonnen!«, sagte er. »Und das letzte Tor habe ich geschossen. Im Alleingang!«

Hannes streckte die Brust heraus und steckte beide Daumen in die Hosentaschen.

Frau Müller legte ihm den Arm um die Schulter.

Die beiden gingen in die Wohnung zurück. Die Müllertür fiel zu.
Auch Frau Lizzi ging in ihre Wohnung zurück. Sie merkte erst jetzt so richtig, wie sehr ihr die Knie zitterten. Sie musste sich setzen. Der kleine Vampir flatterte auf ihren Schoß.
»Du bist ja gar kein Vampir«, sagte sie. »Ein Vampir saugt den Menschen das Blut aus. Aber du, du saugst ihnen ja das Bössein aus! Weißt du, was du bist? Ein Vamperl bist du, ein liebes.«
Er hüpfte auf ihrem Knie auf und ab.
»Aber der Schreck, den du mir eingejagt hast!«, sagte sie. »Ich habe geglaubt, das Herz bleibt mir stehen vor Angst.«
Der kleine Vampir schmiegte sich an sie. »Ich möchte nur wissen, wie das geht«, murmelte sie.
Vamperl strich sich mit beiden Händen über den kleinen, dicken Bauch und schmatzte. »Ja, natürlich! Du hast ihr das Gift aus der Galle ge-

saugt und da hat sie plötzlich verstanden, dass es nicht halb so schlimm war. Stimmt's?«

Vamperl nickte eifrig. Er schlug ein paar Purzelbäume.

Frau Lizzi erinnerte sich, wie verdutzt Hannes dreingeschaut hatte. »Der hat einfach nicht glauben können, dass seine Mutter plötzlich so freundlich war!«

Sie lachte.

Dann wurde sie ernst. »Aber was wäre, wenn sie dich gesehen hätte? Du musst aufpassen, mein Kleiner. Du musst sehr aufpassen. Weißt du, Vamperl, wenn die Leute Angst bekommen, dann wissen sie nicht mehr, was sie tun.«

Vamperl rieb seine kleine spitze Vampirnase an ihrer großen runden Menschennase.

»Wenn ich so denke«, sagte Frau Lizzi. »Wenn ich so denke, wie vielen Leuten man das Gift aus der Galle saugen müsste ...«

Vamperl fiepte ihr zustimmend und glücklich ins Ohr. An diesem Abend sang Frau Lizzi ihrem Vamperl ein Lied vor:

»Ja – so ein Vampir
ist kein böses Tier!
Muss es nicht sein,
wenn er von klein
auf Liebe spürt.

Mein Vamperl trinkt nur Milch und mag kein Blut
und macht die bösen Leute alle wieder gut.
Wenn einer tobt und schreit, was er kann,
dann flitzt mein Vamperl lautlos heran,
saugt ihm ein bisschen Gift aus der Gall' –
erledigt der Fall!
Mein Vamperl trinkt nur Milch und mag kein Blut
und macht die bösen Leute alle wieder gut.«

Vamperl unterwegs

Zwei Tage später musste Frau Lizzi wieder einmal einkaufen gehen. Sie schleppte schwer an der großen Tasche, in der Nahrungsmittel für eine ganze Woche waren.
Auf der niedrigen Mauer vor dem Park stellte sie die Tasche ab, um kurz zu verschnaufen.
Im Park standen mehrere Kinder im Kreis um einen Jungen. Frau Lizzi kannte ihn. Er wohnte bei seiner Großmutter. Er war der schlechteste Schüler der Klasse und ging immer ein wenig gebückt.

Unter den anderen Kindern erkannte Frau Lizzi Hannes, Klaus und Karin. Die Kinder sangen:

»Ri-ra-rum,
der Dieter, der ist dumm.
Ru-ro-rümmer,
der Dieter ist noch dümmer.
Der Dieter ist der Dümmste hier,
viel dümmer als ein Trampeltier.

Ri-ra-rum,
Der Dieter, der ist krumm.
Ru-ro-rümmer,
der Dieter ist noch krümmer.
Der Dieter ist der Krummste hier,
viel krummer als ein Trampeltier.«

Dazu lachten sie.

Dieter stand in der Mitte und machte sich ganz klein.

»Was bist du?«, fragte Klaus.

Dieter zog die Schultern hoch und den Hals ein.

Jetzt sah er wirklich krumm aus.

»Dumm bist du!«, riefen alle.

Frau Lizzi überlegte: ›Soll ich etwas sagen? Oder mache ich es dann nur noch schlimmer für den armen Kerl?‹

Jetzt fragte Karin: »Was ist er?«

 Alle riefen im Chor: »Krumm ist er!«
Plötzlich quietschte Klaus auf. Aber nur ganz kurz.
Karin zeigte mit dem Finger auf Dieter und fragte wieder: »Was ist er?«
Bevor die anderen noch antworten konnten, rief Klaus: »Er ist nicht dumm! Dumm sind wir!«
»Klaus ist übergeschnappt«, sagte Karin. »Da muss sich was bei ihm gelockert haben.«
»Es ist gemein«, sagte Klaus, »wenn alle auf einen losgehen!«
»Den Dieter stört das nicht«, sagte Karin. »Der kapiert das doch gar nicht.«
»O doch«, sagte Hannes. »Er kapiert das sehr gut.«
Dieter sagte nichts.
Jetzt quietschte Karin.
Sie fuhr sich mit beiden Händen über die Augen.
Dann ging sie auf Dieter zu.
Er hob die Arme vor das Gesicht.
»Willst du heute Nachmittag zu mir kommen?«,

fragte Karin. »Wir können miteinander Hausaufgaben machen.«
Dieter blinzelte hinter seinen Ellbogen hervor.
»Oder weißt du was, komm lieber gleich mit«, sagte Karin. »Es gibt Käsenudeln mit Salat. Du kannst ja deiner Großmutter Bescheid sagen.«
Dieter ließ langsam die Arme sinken. »Meine Großmutter ist bei der Arbeit«, murmelte er.
»Dann können wir ja gehen.«
Karin hielt ihm die Hand hin. Dieter zögerte.
»Aber morgen kommst du zu mir«, sagte Klaus.
»Und übermorgen zu mir«, sagte Hannes.
Karin packte Dieter an der Hand. Er ließ sich von ihr wegführen.
Frau Lizzi rannte nach Hause, so schnell sie konnte.

Vamperl saß auf dem Fensterbrett und kaute sich die Nägel ab.
Er konnte es nicht leiden, wenn ihm Frau Lizzi die Nägel schnitt.

»Horch mal, Vamperl …«

Er blickte sie so harmlos an, dass es sehr auffällig war.

»Ich habe dir doch gesagt, wie gefährlich es ist, wenn dich die Leute sehen«, schimpfte Frau Lizzi. »Wirst du es denn nie lernen?« Vamperl ließ den Kopf hängen.

Er verzog die Vampirschnauze zu einem traurigen Flunsch. Frau Lizzi seufzte.

»Ich finde es ja auch gut, wenn die Kinder dem armen Dieter helfen. Wirklich! Ich habe gerade überlegt, ob ich nicht etwas tun sollte, als … als du kamst. Aber du weißt ja nicht, was unsere lieben Nachbarinnen mit dir machen wollten.« Sie streichelte mit einem Finger über die spitzen Vampirohren. »Flieg wenigstens nicht allein davon, warte, bis ich da bin. Sonst kann wer weiß was passieren!«

Frau Lizzi putzte sich die Nase.

»Jaja. In meinem Alter sollte man wirklich keine Kinder mehr haben. Auch keine Vampirkinder.«

Vamperl ließ eine dicke Träne in ihren Halsausschnitt fallen.

»Also das ist doch die Höhe! Jetzt muss ich dich auch noch trösten, weil du so unfolgsam bist«, sagte Frau Lizzi.

Gefahr!

Sosehr sich Frau Lizzi auch bemühte, Vamperl im Haus zu halten – es nützte nichts.
Kaum hörte er auf der Straße ein Hupkonzert, riss er aus.
Jeden Morgen verklemmten sich da unten Autos. Die Fahrer konnten nicht vor und nicht zurück. Sie schimpften und fluchten. Keiner wollte nachgeben. Da griff Vamperl ein.
Ein Stich – und schon saugte er einem wütenden

Autofahrer das Gift aus der Galle. Ein zweiter Stich – und ein zweiter Autofahrer lächelte und wusste nicht, wie ihm geschah.

»Guten Morgen«, sagte der eine.

»Guten Morgen«, sagte der andere.

»Nach Ihnen«, sagte der eine.

»Aber bitte – fahren Sie doch zuerst«, sagte der andere.

Der Polizist an der Ecke hielt sein Notizbuch in der Hand und drehte es hin und her. Er steckte es wieder ein.

Die Ecke war früher die schlimmste in der ganzen Stadt gewesen. Mit den meisten Unfällen.

Jetzt fragte sich der Polizist manchmal, wozu er überhaupt da stand. Für solche Autofahrer brauchte man keine Ampel und keinen Polizisten. Das Chaos löste sich auf. Der Verkehrsstrom floss friedlich wie ein Bach durch die Wiese. Der Polizist musste nicht einmal die Kreuzung sperren, um die Schulkinder hinüberzulassen. Die Autofahrer hielten von selbst an. So schien es

wenigstens dem Polizisten. Er wusste ja nicht, dass Vamperl dafür sorgte.

Frau Lizzi stand am Fenster und sah zu. Sie musste immer noch nach Luft schnappen, sooft er zustach.

Wenn er dann zurückkam und sah, wie sie sich sorgte, guckte er schuldbewusst. Er legte den Kopf zur Seite und schmiegte sich in ihre Halsgrube.

Aber beim nächsten Hupen war er wieder weg. Er zwängte sich durch die engsten Ritzen.

Langsam begann Frau Lizzi einzusehen, dass sie ihn nicht festhalten konnte. Sie schimpfte immer noch ein wenig, sooft er zurückkam. Schon ganz aus Gewohnheit. Gleichzeitig war sie stolz auf ihn.

Jeden Abend sang sie ihm das Lied vor, das sie sich für ihn ausgedacht hatte:

»Morgens schon in aller Frühe
wird mein Vamperl munter.
Flitzt wie ein geölter Blitz auf die Straße runter.

Wo die Leute schimpfen, streiten
wegen lauter Kleinigkeiten,
wo sie raufen, fluchen, schrein,
dort mischt sich mein Vamperl ein.
Mein Vamperl trinkt nur Milch und mag kein Blut
und macht die bösen Leute alle wieder gut.
Wenn die Autofahrer rasen und die Leute wie die Hasen
jagen auf den Zebrastreifen,
wenn sie miteinander keifen
und sich an die Stirnen greifen,
wenn man ringsum gellend hört
schaurig laut ein Hupkonzert,
wenn jeder tobt und brüllt, was er kann –
dann flattert heimlich mein Vamperl heran,
saugt ihm ein bisschen Gift aus der Gall' –
erledigt der Fall!
Da seht, wie es geht:
Die Streithähne fahren ganz friedlich weiter,
lachen und winken und grüßen sich heiter
und werden freundlich und wissen nicht wie
und sind zueinander nett wie noch nie.
Mein Vamperl trinkt nur Milch und mag kein Blut
und macht die bösen Leute alle wieder gut.«

Vamperl schlief erst ein, wenn sie das Lied fertig gesungen hatte. Dann stand sie noch eine Weile neben seinem Korb und sah ihn an. Sie streichelte seinen haarigen Kopf und seine haarigen Hände. Dann deckte sie ihn zu.

An einem sonnigen Nachmittag saß Vamperl friedlich neben Frau Lizzi vor dem offenen Fenster. Sooft jemand heraufguckte, versteckte er sich hinter ihren dicken Armen.

»Was ist denn das für ein Finsterling?«, fragte Frau Lizzi und zeigte auf einen Mann, der die Straße hinauf- und hinabspähte, bevor er in das Haus gegenüber schlich.

»Der führt nichts Gutes im Schilde, das sage ich dir.«

Sie schlug sich mit der Hand auf den Mund. Das hätte ich nicht sagen dürfen, dachte sie. Aber es war schon viel zu spät. Vamperl hatte sich aus dem Fenster gestürzt, war über die Straße geflattert und im Haus gegenüber verschwunden.
Frau Lizzi holte den Operngucker und hielt Wache.
Vamperl fand den fremden Mann im dritten Stock des Hauses gegenüber. Der Mann sperrte eben mit einem Nachschlüssel eine Wohnungstür auf. Vamperl wusste nicht, dass das ein Nachschlüssel war. Aber er roch das Gift in der Galle des fremden Mannes.
Er stach zu und fing an zu saugen.
Der Mann aber erwischte ihn am Flügel, noch bevor Vamperl genügend Gift herausgesaugt hatte. Mit letzter Kraft nahm er noch einen tiefen Schluck, dann musste er loslassen. Er kollerte die Treppe hinunter. Sein Flügel war eingerissen. Er schleppte sich zur Haustür. Auf der Stufe vor dem Haus fiel er um.

 Frau Lizzi sah ihn fallen. Sie rannte hinunter. So schnell war sie seit Jahren nicht mehr gerannt. Trotzdem kam sie hier fast zu spät. Denn Bello schnupperte schon an Vamperl und stieß ihn mit seiner Hundenase hin und her.
»Weg da!«, schrie Frau Lizzi.
Bello knurrte und schnappte nach Vamperl.
Frau Lizzi drängte Bello zur Seite, hob Vamperl auf und trug ihn nach Hause. Er rührte sich nicht. Sie setzte sich in die Küche und hielt den kleinen Vampir im Schoß. Tränen rannen ihr über die Wangen. Eine fiel dem kleinen Vampir auf die Schnauze. Er zuckte, dann schleckte er die Träne ab. »Du lebst ja!«, rief Frau Lizzi. »Du lebst ja!« Mit zittrigen Fingern untersuchte sie seinen Flügel. Als sie die Bruchstelle entdeckte, weinte sie wieder. Dann holte sie Zahnstocher und Leukoplast.
»Das wird dir gar nicht passen«, sagte sie. »Aber es muss sein. Du willst ja wieder fliegen können.« Sie füllte einen Fingerhut voll Rum. »Trink das.

Dann tut es nicht so weh, wenn ich dir den Flügel einrichte.«

Vamperl schüttelte sich, aber er trank.

Frau Lizzi schiente den Flügel mit fünf Zahnstochern und klebte sie mit Leukoplast fest.

Frau Lizzi konnte nicht wissen, was inzwischen im Haus gegenüber geschah. Der Mann, den sie gesehen hatte, stand in der fremden Wohnung und wusste nicht mehr, warum er hierhergekommen war.

Die Wohnung gehörte einer alten Frau. Die alte Frau rief aus dem Schlafzimmer: »Ist da jemand?«

»Ja, ich«, antwortete er ohne zu denken.

»Und was wollen Sie hier?«, fragte die alte Frau.

»Also, eigentlich wollte ich Ihr Geld«, sagte er. »Oder Ihren Schmuck. Aber jetzt habe ich keine Lust mehr, Sie zu bestehlen. Ich weiß gar nicht, wieso.«

»Sie sind ja ein Dieb«, sagte die alte Frau. »Sie sollten sich schämen.«

»Ich habe mich so lange nicht mehr geschämt, ich weiß nicht, ob ich das noch kann«, sagte er. »Aber ich werde es versuchen«.

»Wissen Sie was«, sagte die alte Frau, »wenn Sie schon da sind, könnten Sie für mich einkaufen gehen. Ich liege seit einer Woche im Bett, mein Kühlschrank ist leer und ich habe Hunger.«

Der Dieb ging für die alte Frau einkaufen. Er trug den vollen Mülleimer hinunter. Er fuhr sogar mit dem Staubsauger durch die Wohnung. Dabei schüttelte er die ganze Zeit den Kopf. Er kannte sich selbst nicht mehr. Später aßen der Dieb und die alte Frau miteinander zu Abend.

Die alte Frau fragte: »Was verdient man denn so in Ihrem Beruf?«

»Die Zeiten sind schlecht«, sagte er. »Besonders, wenn man allein arbeitet. Mit meinem Dietrich komme ich an die modernen Sicherheitsschlösser nicht heran. Und ich bin auch nicht mehr der Jüngste.«

Die alte Frau nickte. Sie lobte seine Hühnersuppe.

Später machte sie ihm einen Vorschlag: »Kommen Sie doch jeden Tag zu mir. Viel kann ich Ihnen nicht zahlen, weil ich nicht viel habe. Es hätte sich für Sie gar nicht gelohnt, mich zu bestehlen, aber wenn Sie für mich kochen wollen, haben Sie Ihr Auskommen. Und Sie brauchen keine Angst vor der Polizei zu haben.«

»Und Sie brauchen keine Angst vor Dieben zu haben«, sagte er und lachte. »Ich kenne die Brüder. Bei mir haben die keine Chance.«

Wenn Frau Lizzi das alles gewusst hätte, wäre es ein Trost für sie gewesen. Besonders, wenn sie geahnt hätte, dass der Dieb die alte Frau gesund pflegen würde. Im nächsten Sommer wer-

den die beiden sogar nach Venedig fahren. Weil die alte Frau einmal in einer Gondel sitzen will. Der ehemalige Dieb meint zwar, dass es in Venedig zu viele Tauben und zu viele Gauner gibt, die alte Frau besteht jedoch auf ihrem Wunsch. Aber bis zum nächsten Sommer ist es noch sehr weit.

Kamillentee und Langeweile

Am Abend bekam Vamperl Fieber.

Frau Lizzi legte ihm kalte Umschläge auf den heißen Kopf.

Sie tauchte zwei Windeln in Essigwasser und wickelte sie um seine heißen Füße.

Sie flößte ihm kühlen Kamillentee ein.

Sie hielt seine heiße Hand.

Sie beruhigte ihn, wenn er im Fieber zu strampeln begann.

Sie schluckte ihre Tränen hinunter.

Das Fieber stieg und stieg. Vamperl lag wimmernd mit geschlossenen Augen unter seiner bunten Decke. Hin und wieder riss er die Augen weit auf und zitterte.

»Ich bin ja bei dir«, sagte Frau Lizzi, aber sie merkte, dass er sie nicht verstand.

Nach Mitternacht sank das Fieber.

Vamperl schlief ein.

Frau Lizzi saß neben seinem Korb und passte auf.
Vamperl schlief fast bis zum nächsten Mittag. Als er endlich aufwachte, hatte er kein Fieber mehr. Aber er war noch sehr schwach. Frau Lizzi musste ihn auf seine Kiste heben. Er fiepte kläglich, wenn sie für ein paar Minuten aus dem Zimmer ging.

Vamperl erholte sich rasch, aber mit den Zahnstochern am Flügel konnte er sich nur schlecht bewegen.
»Lieg doch still!«, sagte Frau Lizzi.
Sie sagte es so regelmäßig, wie die Pendeluhr im Zimmer die Stunden schlug.
Vamperl wurde missmutig.
Sooft unten ein Auto hupte, zappelte er. Sooft Frau Müller im Treppenhaus schimpfte, quengelte er. Sooft er Hundegebell hörte, wurde er kribbelig.
Es war eine schwierige Zeit für Frau Lizzi. Sie versuchte Vamperl zu unterhalten. Sie sang ihm vor, bis sie heiser war.
Er wollte weder Mensch-ärgere-dich-nicht spielen noch Domino noch Fang-den-Hut. Die Mühlesteine trat er mit den Füßen.
»Jetzt reißt mir aber bald die Geduld«, sagte Frau Lizzi. »Alles was recht ist, aber wer ist schuld an deinem gebrochenen Flügel, du oder ich?«
Da guckte Vamperl schuldbewusst und steckte

seine spitze Schnauze in Frau Lizzis hohle Hand. Das versöhnte sie jedes Mal. Aber kurz darauf fing alles wieder von vorne an.

Am Ende der ersten Woche nach dem Flügelbruch lag Vamperl in seinem Korb auf dem Fensterbrett.
Die Sonne schien.
Frau Lizzi bügelte.
Plötzlich fiepte Vamperl laut und ruderte mit den Armen.
Frau Lizzi rannte zum Fenster.
Gegenüber lehnten die alte Frau und der ehemalige Dieb friedlich nebeneinander im Fenster und sahen auf die Straße hinunter.
Vamperl klatschte in die Hände.
Frau Lizzi fuhr ihm über den Kopf.

»Dann war es ja doch nicht umsonst. Das ist gut. Sehr gut ist das, mein Lieber.«
Vamperl fiepte begeistert. Er hopste vor Freude in seinem Korb herum, bis Frau Lizzi Angst bekam, er würde mitsamt seinem Korb umkippen und herunterfallen.
An diesem Tag ging Frau Lizzi zum ersten Mal seit dem Unfall einkaufen. Sie hatte rein gar nichts mehr im Haus. Die letzten drei Tage hatte sie nur noch Haferflockensuppe gegessen. Auf dem Rückweg kaufte sie eine Zeitung.
Als sie die Zeitung lesen wollte, bettelte Vamperl so lange, bis sie ihm vorlas.
Dann lag er ganz ruhig und hörte gespannt zu.
Frau Lizzi fragte sich, ob das denn gut für ihn sei. Sie fand, es stünde eine Menge in der Zeitung, das für Kinder nicht geeignet war. Auch für Vampirkinder nicht. Aber dann dachte sie: Wer weiß, was er versteht. Sicher nicht mehr, als ihm guttut. Seine Augen sind so klug. Wenn er doch nur reden könnte!

 Von da an musste Frau Lizzi jeden Tag eine Zeitung kaufen. Wenn sie die Zeitung fertig gelesen hatte, sagte sie Vamperl Gedichte auf. Sie wunderte sich selbst, wie viele sie noch auswendig wusste.

Nach zwei Wochen konnte Frau Lizzi die Leukoplaststreifen abreißen.

Vamperl fiepte und zitterte.

»Was sein muss, muss sein«, sagte Frau Lizzi und entfernte die Zahnstocher.

»Sieht so gut wie neu aus«, freute sie sich. »Aber pass auf!« Vamperl bewegte den Flügel sachte auf und ab.

Beim ersten Flugversuch am nächsten Tag torkelte er durch die Wohnung. Er lag sehr schief in der Luft. Zwei Tage später aber flog er schon fast wie früher. Nur nicht ganz so schnell. »Aber allein fliegst du mir nicht wieder weg!«, sagte Frau Lizzi streng.

Radfahren verboten

Samstag war ein herrlicher Tag. Frau Lizzi meinte, es würde Vamperl guttun, richtig an die frische Luft zu kommen.
Nach dem Mittagessen breitete sie ein weiches Handtuch in ihre große Einkaufstasche. Sie setzte den kleinen Vampir auf das Handtuch. Er strampelte und wehrte sich.
»Ach so«, sagte Frau Lizzi. »Du ärgerst dich, weil du da nichts sehen kannst.«
Sie hob ihn heraus und schnitt schweren Herzens ein Guckloch in die gute Tasche. Nun war Vamperl zufrieden. Er ließ sich spazieren tragen, über die Hauptstraße, durch den Park, durch die Siedlung.
Sie kamen zum Spielplatz.
In der Sandkiste saßen drei kleine Kinder und bauten eine Sandburg. Frau Lizzi setzte sich auf die Bank und sah ihnen zu. Sie war müde, ihre

 Gelenke taten wieder einmal weh und es machte ihr Freude, den Kindern zuzusehen.

Eine Kinderschar kam auf Fahrrädern angefahren.

Sie fuhren im Kreis durch die Anlage.

Sie fuhren ein Rennen.

Sie fuhren einen Slalom.

Als sie einen Langsamfahrwettbewerb machten, kam der Hausmeister. »Sofort aufhören!«, rief er. »Radfahren ist in der Anlage verboten!«

»Wo sollen wir denn Rad fahren?«, fragte ein Mädchen.

Der Hausmeister fuchtelte mit den Armen. »Frech auch noch! Könnt ihr nicht lesen? Was bringen sie euch heutzutage überhaupt noch bei?« Er packte das Mädchen an den Schultern und führte sie zu einem großen Schild. »Was steht da? ›Radfahren verboten‹ steht da. Klar und deutlich. Also los! Wenn ihr nicht sofort verschwindet mit euren Fahrrädern, dann rufe ich die Hausverwaltung an.«

Ein kleineres Kind kippte mit dem Rad um und begann zu weinen. Frau Lizzi hielt ihre Tasche mit beiden Händen zu.

Aber es war schon zu spät. Vamperl war bereits hinausgeflitzt. Er stürzte sich auf den Hausmeisterbauch.

Er biss zu.

Er fing an zu saugen.

Der Hausmeister kratzte sich am Hinterkopf. Dann fragte er: »Tja – wo sollen sie denn wirklich Rad fahren?«

Die Kinder standen stocksteif. Der Kleine hörte auf zu weinen.

»Auf der Straße dürfen sie nicht, weil sie noch zu klein sind«, fuhr der Hausmeister fort. »Auf dem Gehsteig fahren sie womöglich Kinder und alte Leute um. Wo sollen sie wirklich hin mit ihren Rädern? In der Küche kann man nicht Rad fahren.«

Er wandte sich mit strenger Miene an die Kinder. »Also gut. Fahrt hier. Aber passt gefälligst auf!«

Er packte seinen großen Besen und ging.

Die Kinder starrten ihm nach. »Was ist denn auf einmal in den gefahren?«, fragte ein Junge.
Der Kleine, der vom Rad gefallen war, sagte: »Eine Fledermaus ist in ihn gefahren. Ich habe sie gesehen.«
»Erzähl uns doch keine Märchen, Oliver!«, sagte ein Mädchen. »Was du immer zusammenschwindelst!«
»Doch«, beharrte Oliver. »Eine schöne Fledermaus.«
Frau Lizzi hielt ihre Tasche fest zu und ging schnell nach Hause.

»Vamperl«, sagte sie, »von dir würde ich graue Haare bekommen, wenn ich sie nicht schon hätte.«
Vamperl schmatzte und rieb sich den kleinen, runden Bauch.

Was zu viel ist

Frau Lizzi seufzte.

»Ich hätte gedacht, dass du vorsichtiger werden würdest nach deinem Unfall. Aber nein! Ganz im Gegenteil. Früher bist du wenigstens in der Gegend geblieben.«

Vamperl sah sie mit schief gelegtem Kopf an.

Seine Augen wurden groß und rund, wenn sie mit ihm sprach.

Er stupste seine Nase in ihre Hand.

Aber er flog immer weiter weg.

Manchmal erfuhr Frau Lizzi durch Zufall davon.

Manchmal auch nicht.

Das war gut so. Sie hätte sich zu sehr aufgeregt.

Sie regte sich ohnehin ständig auf.

Sie erfuhr zum Beispiel nie von dem Tag, an dem Vamperl hinter Hannes herflog und in die Schule kam.

Vamperl versteckte sich hinter der Tafel.

Die Stunde, in der die Kinder eine Rechenarbeit schrieben, verschlief er.
Als die Kinder laut lasen, döste er.
Als die Kinder zeichneten, wäre er am liebsten in der Klasse herumgeflogen und hätte all die bunten Bilder genau angesehen. Besonders die Urwaldbilder.
Als die Kinder in der letzten Stunde hin und her wetzten und gähnten und schwätzten, wurde der Lehrer böse.
»Hefte heraus!«, sagte er.
Vamperl huschte hinter der Tafel hervor und saugte einen kleinen Schluck Gift aus der Lehrergalle.
Der Lehrer fuhr sich mit allen Fingern durch die Haare.
»Mir scheint, ihr seid schon müde«, sagte er. »Wie wäre es, wenn ich euch erst einmal eine lustige Geschichte erzähle?«
Alle Kinder saßen mit offenen Mündern da.
Hannes hätte fast eine Fliege verschluckt.

 Der Lehrer begann: »Ein Elefant stampfte durch den Urwald ...«

»Bitte, da ist eine Fledermaus!«, rief ein Mädchen.

Vamperl schoss durch das offene Fenster hinaus. Er setzte sich auf ein Fenstersims und winkte dem Mädchen zu.

Vamperl hatte nicht darauf geachtet, dass auf dem Fenstersims schon zwei Tauben saßen. Sie begannen laut zu gurren. Vamperl machte sich

ganz klein. Die Tauben trippelten aufgeregt hin und her. Gleich darauf schwirrte die Luft. Ein Taubenschwarm stürzte herab. Schnäbel hackten nach dem kleinen Vampir. Runde Augen funkelten ihn an.
Im letzten Moment gelang es ihm doch, seine Flügel auszubreiten. Er hatte Glück. Ein leichter Aufwind trug ihn davon.

An diesem Nachmittag blieb Vamperl bei Frau Lizzi. Er machte es sich in ihrer Halsgrube bequem.
Sie legte hin und wieder beim Lesen den Kopf schief und streichelte mit dem Kinn über seinen Bauch. Dann fiepte er leise und zufrieden. Am nächsten Tag aber schoss er wieder davon.
Auf der Kreuzung war heute gar nichts los. Den Autofahrern, die jeden Tag hier vorbeikamen, war die Freundlichkeit schon fast selbstverständlich geworden.
Vamperl holte sich ein kleines Gallenfrühstück

von einem Ehepaar, das bei offenem Fenster Kaffee trank.

»Du hast meinem Wagen schon wieder eine Beule geschlagen!«, schimpfte der Mann.

»*Deinem* Wagen?!«, rief die Frau. »Ich dachte, das ist *unser* Wagen!«

»Weil du eben nicht Auto fahren kannst«, schimpfte der Mann weiter. »Frauen können nicht Auto fahren.«

Die Frau verzog das Gesicht. »Die Beule ist sicher von gestern Abend, als du …«

»Ich?« Der Mann wurde krebsrot. »Mir willst du das in die Schuhe schieben?«
Vamperl biss zuerst ihn, dann sie. Als er weiterflog, wusch der Mann die Kaffeetassen und die Frau trocknete ab. Sie lachten dabei.
Vamperl sah die Kinder auf dem Schulweg. Hannes und Dieter kickten abwechselnd einen Tannenzapfen vor sich her.
Vamperl hielt Abstand. Schon zweimal hatte ihn ein Kind gesehen. Erwachsene hatten ihn noch nie entdeckt.
Er kam in eine Gegend, die ihm ganz neu war. Hinter einer hohen Mauer hörte er Stampfen und Dröhnen. Er flog über die Mauer. Hinter der Mauer lag ein großes Gebäude. Vamperl spähte durch eines der Fenster. In einer großen Halle standen verschiedene Maschinen. Hebel gingen auf und ab, riesige Klötze schlugen auf Metall.
Vamperl bekam Angst. Das Dröhnen schüttelte ihn hin und her, obwohl er sich am Fenster festklammerte.

Er flatterte zur nächsten Halle. Hier war kein Maschinenlärm zu hören. Hier spielte laute Musik. Quer durch die Halle lief ein Band. Das Band bewegte sich. Silbrig glänzende Kasten kamen darauf angefahren.
Neben dem Band standen Frauen. Alle trugen Tücher auf dem Kopf.
Eine schraubte zwei Schrauben in jeden Kasten.
Die nächste drehte einen Knopf hinein.
Die nächste befestigte eine Feder.
Eine Frau hatte eine rote Nase. Sie schnupfte immer wieder auf.
Einmal griff sie nach ihrem Taschentuch, da musste sie hinter dem Band herlaufen, weil ihr ein Kasten davongefahren war.
Ein Mann ging auf sie zu.
»Wenn Sie so weitermachen, fliegen Sie«, sagte er. »Heute haben Sie schon sechs Schrauben übersehen!«
»Ich habe argen Schnupfen«, sagte die Frau.
»Ihr Schnupfen interessiert mich nicht«, sagte

der Mann. »Jetzt sind wieder zwei vorbei. Holen Sie sich Ihre Papiere!«

»Sie kündigen mir?«, fragte die Frau entsetzt.

»Und ob ich Ihnen kündige!«, sagte der Mann.

Vamperl flog in die Halle. Er stach zu und begann zu saugen.

Es kam ein solcher Schwall Galle auf einmal, dass Vamperl sich verschluckte. Seine Kehle brannte. Fast hätte er losgelassen. Aber er sah das verzweifelte Gesicht der Frau und saugte weiter.

Der Mann blickte sich in der Halle um, als sähe er sie zum ersten Mal.

»Mir scheint«, sagte er, »dass wir das Fließband zu schnell eingestellt haben. Da können Sie sich ja nicht einmal die Nase putzen!« Er ging zu einem Schaltkasten und drehte an ein paar Knöpfen.

Das Fließband lief langsamer. Die Frauen sahen einander verwundert an.

»Sie gehen jetzt in die Kantine«, sagte der Mann

zu der Frau mit der roten Nase, »und holen sich einen heißen Tee. Ich übernehme solange für Sie.«

Die Frau rührte sich nicht.

»Na, worauf warten Sie noch?«, sagte der Mann.

Vamperl spürte einen Druck im Magen. Er hatte viel zu viel Galle getrunken. Er konnte kaum fliegen mit dem schweren, dicken Bauch. Fast wäre er im Fensterspalt stecken geblieben.

Auf dem Heimweg begegnete er zwei Mädchen,

die hinter einer alten Frau herspotteten. Er hätte gern eingegriffen. Aber er war wirklich zu voll. Es war kein Platz mehr, auch nicht für den kleinsten Schluck.

Frau Lizzi bemerkte gleich, dass er traurig war. Sie sah seinen prallvollen Bauch. »Du hast dich übernommen, gelt?«, sagte sie. »Kann ich mir gut vorstellen.« Sie wärmte eine von seinen alten Windeln und legte sie ihm auf den Bauch. Dann setzte sie sich in den Lehnstuhl und nahm ihn auf den Schoß.

»Wenn ich denke, wie viel Gift und Galle es auf der Welt gibt! Da kann einer saugen, bis er blau im Gesicht wird, und man merkt noch nicht viel davon, dass etwas fehlt. Das heißt, der Hannes merkt es natürlich sehr. Und die alte Frau von gegenüber. Aber zwei Häuser weiter merken sie schon fast nichts mehr. Verstehst du? Einer schafft das nicht allein.«

Sie saßen eine Weile still da. Dann lächelte Frau Lizzi.

»Hör zu«, sagte sie. »Mir ist etwas eingefallen.« Sie sang ihm ein neues Lied vor:

»Morgens schon in aller Frühe
wird mein Vamperl munter,
flitzt wie ein geölter Blitz auf die Straße runter,
weil er ständig Leute trifft
voller Gift.
Doch wie fleißig er auch sticht,
das arme Vamperl schafft es nicht.
Er ist allein und viel zu klein,
es müssten viele Vamperln sein
für so viel Gift.
Ich denke mir mindestens acht oder zehn.
Wir beide sollten sie suchen gehn.
Wo immer sie sich auch heimlich verstecken,
wir beide werden sie sicher entdecken!
Zehn kleine Vamperln, wir bringen sie her,
dann hat mein Vamperl es nicht mehr so schwer.«

Eine schwere Entscheidung

Am nächsten Morgen zog Frau Lizzi ihre bequemen Schuhe an. Sie packte Brote ein.
Vamperl flatterte aufgeregt fiepend in der Wohnung umher.
Frau Lizzi dachte: Was habe ich da nur versprochen! Wo sollen wir überhaupt anfangen zu suchen? Es wäre mir fast lieber, es würde schütten. Dann hätte ich einen Tag Zeit zum Überlegen. Aber heute regnet es sicher nicht. Und morgen auch nicht. Ich spüre es in den Gelenken. Das heißt, eigentlich spüre ich nichts. Also kann es auch nicht regnen. Laut sagte sie: »Hör auf zu zappeln und trink deine Milch! Wir wollen doch früh losziehen.«
Vamperl verschüttete den halben Fingerhut voll Milch. Das war schon lange nicht mehr vorgekommen.
Frau Lizzi setzte ihren schönsten Hut auf. Sie

hatte diesen vor zehn oder zwölf Jahren gekauft, als ihre Nichte heiratete. Vielleicht, dachte sie, bringt ein Hochzeitshut Glück. Glück können wir brauchen.

Vor allem aber konnte Vamperl darunter sitzen und durch das Strohgeflecht alles beobachten.

»Tanz nicht so herum, du zerzaust mir die Haare«, sagte Frau Lizzi.

Vamperl bemühte sich, ruhig zu sitzen.
Frau Lizzi trat aus dem Haus. Ein Sonnenstrahl fiel ihr ins Gesicht und blendete sie.
Plötzlich ertönte wütendes Hundegebell, hohes, zorniges Kläffen und tiefes, wütendes Knurren.
Schon wieder der Flocki und der Bello!, dachte Frau Lizzi.
Da stand sie schon vor den gekreuzten Hundeleinen.
Am Ende der einen Leine hing Frau Maringer.
Am Ende der anderen Leine hing Frau Anna.
»Ihre Bestie hat nach meinem Flocki geschnappt!«, zischte Frau Anna.
»Ihr Köter hat meinen Bello angegriffen!«, japste Frau Maringer.
Frau Anna wurde rot. »Köter? Mein Flocki ist kein Köter! Sehen Sie doch, wie Ihr Hundevieh geifert! Der ist sicher tollwütig. Das gehört doch angezeigt.«
Frau Maringer wurde blass. »Tollwütig? Wir werden sehen, wer da wen anzeigt! Sie – Sie Per-

 son, Sie! Bello, Belloleinchen, komm zu deinem Frauchen!«

Belloleinchen dachte nicht daran, zu seinem Frauchen zu kommen. Die Hunde liefen im Kreis. Die beiden Frauen wurden immer enger mit den Leinen umwickelt.

»Ihr Bello hat meinen Flocki gebissen!«

»Ihr Flocki hat meine Strümpfe zerrissen!«

»Ihr Bello beschmutzt unser Treppenhaus!«

»Ihr Flocki sieht ganz räudig aus!«

»Räudig sind Sie, Sie schlechte Person!«

»Ich verbitte mir diesen Ton!«

Plötzlich gelang es Flocki, sich loszureißen. Gleich darauf riss sich Bello los.

Frau Anna und Frau Maringer schrien auf.

Flocki fletschte die Zähne.

Bellos Lefzen trieften.

Ringsum hatte sich eine Menschenmenge angesammelt.

»Gleich raufen die … Damen«, sagte ein kleiner Junge und rieb sich die Hände.

Frau Lizzi spürte nur einen kalten Luftzug auf dem Kopf.

In dem Gedränge sah sie nicht, wie Vamperl zustach.

Sie hörte die Frau Maringer sagen: »Liebe Frau Anna, hätten Sie eventuell Zeit, eine Tasse Kaffee mit mir zu trinken?« Ihr Gesicht war noch in zornige Falten gelegt, aber ihre Stimme klang ganz süß.

»O danke, gern«, sagte Frau Anna. »Ich wollte Sie ohnehin um das Rezept für Ihren Eierlikör

 bitten, liebe Frau Maringer.« Die beiden zogen Arm in Arm ab.

Bello und Flocki trugen ihre Leinen im Maul und liefen vor ihnen her.

Die Menschenmenge löste sich auf.

»Schade«, sagte der kleine Junge.

Frau Lizzi spürte, wie sich Vamperl in ihrem Haarknoten bequem ausstreckte. Ein Herr trat ihr in den Weg.

»Verzeihung«, sagte er, »darf ich eine Frage an Sie richten? Doktor Obermeier mein Name. Vorstand des Städtischen Krankenhauses und Professor an der hiesigen Universität.«

»Ja, bitte?«

»Haben Sie eben dieses Insekt gesehen? Kurz bevor die beiden Damen gänzlich unerwartet ihren Streit bereinigten, meinte ich, eine Art Insekt zu sehen.«

Frau Lizzi vergaß jede Vorsicht. »Ein Insekt!«, rief sie. »Hast du das gehört? Ein Insekt schimpft er dich. Und so etwas nennt sich Professor.«

 »Mit wem sprachen Sie eben?«, fragte Professor Obermeier.

Frau Lizzi schlug sich mit der Hand auf den Mund. Ihre Knie zitterten.

Professor Obermeier beobachtete sie scharf. »Warum haben Sie denn Angst vor mir?«, fragte er freundlich.

»Das ist es nicht«, sagte sie.

Professor Obermeier lächelte. »Sie können sich mir unbesorgt anvertrauen. Was Sie mir auch sagen, es bleibt ganz unter uns.«

Plötzlich spürte Frau Lizzi, dass ihr Geheimnis sie schon lange drückte. Dass sie einem Menschen sagen wollte, was ihr Vamperl alles geleistet hatte.

Sie hob den Hut ein wenig. »Bitte, sehen Sie selbst!«

Professor Obermeier guckte. Er trat einen Schritt zurück.

»Das ist ja … das ist ja ein Vampir!«, rief er.

»Geborener Vampir«, verbesserte Frau Lizzi.

»Jetzt ist er mein Vamperl. Mit Vampiren hat er nichts zu tun, aber auch gar nichts. Außerdem gibt es Vampire nur in Geschichten. Meinen Vamperl gibt es wirklich. Also kann er gar kein Vampir sein. Stimmt's?«

Diese Frage konnte Professor Obermeier nicht beantworten.

Er führte Frau Lizzi zu einer Parkbank. Sie setzten sich.

Dann fragte er: »Und wie macht er das, Ihr Vamperl?«

Frau Lizzi sagte feierlich: »Er saugt den Leuten das Gift aus der Galle.«

Professor Obermeier sprang auf. »Das Gift aus der Galle?! Gute Frau, wissen Sie, was Sie da sagen?«

Frau Lizzi stand ebenfalls auf.

»Ich bin nicht Ihre ›gute Frau‹ und ich weiß genau, was ich sage. Ich bin zwar alt, aber deswegen noch lange nicht blöd. Vamperl, wir gehen!«

Professor Obermeier fasste sie am Arm. Er flehte

 sie an, ihm nicht böse zu sein. »Ich bin etwas außer mir«, sagte er. »Ihr Vamperl könnte von unvorstellbarem Wert für die Wissenschaft sein!«
Seine Augen funkelten Frau Lizzi unheimlich an.
»Also, vor allem ist mein Vamperl von unvorstellbarem Wert für unser Haus«, sagte sie. »Seit er da ist, hat der Hannes keine Prügel mehr bekommen, und seit er keine Prügel mehr bekommt, ist er ein anderes Kind. Erst gestern hat er mir den Einkaufskorb hinaufgetragen! Er lernt auch besser. So, und jetzt gehen wir. Guten Tag!«
Professor Obermeier stellte sich ihr in den Weg.
»Verstehen Sie denn nicht? Sie können jetzt nicht einfach davonlaufen. Es wäre reiner Eigennutz, wenn Sie Vamperl für sich behielten. Er könnte der ganzen Menschheit zum Segen werden!«
»Ebendarum müssen wir gehen. Wir haben zu tun.«
Professor Obermeier wurde immer aufgeregter.
Seine Stimme überschlug sich fast.

»Außerdem ist freies Giftsaugen strengstens verboten!«, rief er. »Wo kämen wir denn hin, wenn jeder Gift saugen dürfte, wie und wo er will? Wissen Sie, wie lange ein Medizinstudium dauert? Und Ihr Vamperl hat nicht einmal die Grundschule besucht, keine Lehre absolviert, keine Universität von innen gesehen! Keine Zeugnisse, kein

 Diplom. Nichts! Und *Sie* tragen die Verantwortung!«

Frau Lizzi nickte. »Ist mir recht.«

»Aber Sie können sich dem Fortschritt nicht widersetzen!« Professor Obermeier ruderte mit den Armen. »Die Menschheit blickt auf Sie!«

Frau Lizzi sah nur den Professor Obermeier, der sie anblickte. Er tat ihr schon fast leid.

»Aber, Herr Professor«, erklärte sie ihm, »mein Vamperl braucht keine Menschheit! Er kommt kaum nach mit dem, was ihm so an Gift und Galle über den Weg läuft. Erst gestern hat er sich richtig überfressen.«

Hier hakte der Professor sofort ein: »Dann ist er vielleicht krank und muss in seinem eigenen Interesse zu uns kommen! Er kann bei uns arbeiten und ich werde für ihn sorgen.«

»Das mache ich schon selbst«, beharrte Frau Lizzi. »Schließlich habe ich ihn aufgezogen. Außerdem ist er noch viel zu jung, um zu arbeiten. Kinderarbeit ist verboten!«

Professor Obermeier winkte ab. »Das gilt nur für Menschenkinder. Außerdem lässt sich alles regeln. Und bedenken Sie doch – unser Krankenhaus wird bestimmt weltberühmt!«
»Ist mir egal.«
»Und Sie kommen in die Zeitung. Und ins Fernsehen!«
»Ist mir auch egal.«
Vamperl hob Frau Lizzis Hut ein wenig und wackelte mit einem Flügel. Professor Obermeier griff nach ihm. Vamperl jaulte auf.
»Lassen Sie sofort los!«, schrie Frau Lizzi.
Professor Obermeier ließ los. »Verzeihung!«, sagte er mit einer leichten Verbeugung. »Ich bin völlig durcheinander. So etwas ist mir noch nie passiert.«
Schweren Herzens fasste Frau Lizzi einen Entschluss.
»Also gut. Wenn es wirklich so wichtig ist, dann kann er zu Ihnen gehen. Aber ich komme mit.«
Professor Obermeier strahlte. Dann aber sagte

 er: »Es ist nicht vorgesehen, dass Sie mitkommen.«
»Meinetwegen als Putzfrau«, sagte Frau Lizzi.
»Entschuldigen Sie vielmals, aber Sie sind doch viel zu alt, um bei uns zu arbeiten.«
Frau Lizzi schüttelte den Kopf. »Wenn er nicht zu jung ist, dann bin ich auch nicht zu alt. Entweder mit mir oder gar nicht.«
Professor Obermeier gab nach.
Er bestand allerdings darauf, dass Vamperl schon in dieser Nacht im Krankenhaus schlafen müsse.
Als Frau Lizzi spätabends heimkam, schien ihr die Wohnung schrecklich leer.

Unter dem Glassturz

Frau Lizzi fuhr am nächsten Morgen mit der ersten Straßenbahn ins Krankenhaus.
Vamperl hockte unter einem Glassturz, der auf einem weißen Tisch in einem weißen Zimmer stand.
Neben dem Tisch gab es einen Stuhl. Auf dem Stuhl saß eine hübsche junge Ärztin. Sie beob-

 achtete Vamperl unentwegt und schrieb alles, was er tat, genau auf.

Frau Lizzi schlug die Hände über dem Kopf zusammen.

»Warum sitzt er unter einer Käseglocke?«

Vamperl hüpfte aufgeregt hin und her und schlug mit seinen kleinen Fäusten gegen die Glocke.

Die junge Ärztin schrieb auch das auf, dann erst antwortete sie freundlich: »Der Herr Professor hat es so angeordnet.«

»Aber warum?«

»Er hat es angeordnet«, wiederholte die Ärztin.

»Warum?«, wiederholte Frau Lizzi.

Die Ärztin zuckte mit den Schultern. »Einen Herrn Professor fragt man nicht!«

»Und ich frage auch nicht, wenn ich ihn jetzt herauslasse«, erklärte Frau Lizzi.

Vamperl flog auf ihren Kopf. Er kuschelte sich in ihren Haarknoten. »Ist schon gut, mein Kleiner«, sagte sie. »Ist schon gut.«

Es war aber leider nicht gut.

Professor Obermeier wurde sehr böse, als er Vamperl auf Frau Lizzis Kopf sah.
»Das ist völlig unmöglich! Ein städtischer Giftsauger darf nicht mit Schmutz in Berührung kommen.«
Frau Lizzi war beleidigt. »Also erlauben Sie! Meine Haare sind nicht schmutzig! Die sind frisch gewaschen.«
Professor Obermeier erklärte, dass er nicht diesen Schmutz meinte. »Es geht um Krankheitserreger und die sind überall.«
Vamperl musste unter den Glassturz zurück.
Er ließ den Kopf hängen.
Er kaute an seinen Flügelspitzen.
Er blickte nicht einmal auf, als Frau Lizzi an die Glocke klopfte.
»Er wird sich bald eingewöhnen«, sagte Professor Obermeier. »Sie werden schon sehen.«
Frau Lizzi hoffte, dass er recht hatte.
Glauben konnte sie es nicht.
Vamperl durfte nun nicht mehr den Leuten das

 Gift aus der Galle saugen, wenn sie böse waren.

Er musste das Gift saugen, das ihm Professor Obermeier vorschrieb.

Am ersten Tag im Krankenhaus saugte Vamperl fünf verschiedenen Patienten fünf verschiedene Gifte ab.

Professor Obermeier war glücklich. Er schrieb Briefe an alle berühmten Professoren der Welt und lud sie in sein Krankenhaus ein. Die Patienten waren auch glücklich. Ein Mann allerdings bekam einen Schreikrampf, als er Vamperl erblickte, und eine Frau wurde ohnmächtig.

»Es wäre zu schade gewesen, wenn er nur bei der Galle geblieben wäre«, sagte Professor Obermeier. »Seine Talente wären verkümmert.«

Vamperl hörte auf dem Gang vor seinem Zimmer zwei Menschen streiten. Und er saß unter dem Glassturz und konnte nicht eingreifen. Er faltete die Flügel über dem Kopf zusammen. So sah niemand, dass er weinte.

Frau Lizzi war ebenfalls zum Weinen zumute. Aber als ihr Professor Obermeier sagte: »Vamperl hat einem todkranken Patienten geholfen«, freute sie sich sehr. Trotzdem war ihr schwer ums Herz.

Am Abend erzählte Frau Anna: »Stellen Sie sich vor, Frau Lizzi, heute war wieder ein Autozusammenstoß an unserer Ecke. Schrecklich, sage ich Ihnen. Da hat man schon gedacht, es wäre besser geworden. Aber so ist das eben.«

Frau Lizzi nickte traurig.

Im Oberstock hörte man Ohrfeigen klatschen. Gleich darauf hörte man Hannes heulen.

Am nächsten Tag wurde es noch schlimmer.

Als Professor Obermeier den Glassturz hochhob, stand Frau Lizzi neben ihm. Vamperl sah sie nicht an. Er tat, was der Professor verlangte. Aber er zeigte seine spitzen Zähne und fauchte. Das hatte er früher nie getan.

Frau Lizzi musste schlucken und noch einmal schlucken.

Ihre Brille lief an. Es half nichts, wenn sie sie putzte.

Am Abend ging Frau Lizzi noch einmal zum Vamperl.

Er lag unter seinen zerknitterten Fledermausflügeln.

Frau Lizzi hob den Rand der Glocke an. »Ich bin's«, flüsterte sie.

Er rührte sich nicht.

»Ich singe dir dein Lied vor, ja?« Ihre Stimme zitterte. »Dann wirst du gut schlafen.« Sie begann zu summen:

»Morgens, schon in aller Frühe,
wird mein Vamperl munter …«

Er zog die Oberlippe hoch und knurrte.

An diesem Abend konnte Frau Lizzi nicht einschlafen. Sie hörte die Turmuhr schlagen, jede

Viertelstunde. Sie hörte die Autos sausen. Sie hörte ihr Herz klopfen.

Am nächsten Morgen taten ihr alle Gelenke so weh wie nie zuvor.

Sie fuhr ins Krankenhaus und lief in Vamperls Zimmer. Professor Obermeier war schon da und beugte sich besorgt über die Glasglocke. Vamperl war geschrumpft.

Er war nur mehr so groß wie ein Mittelfinger.

Vor zwei Tagen war er noch eine Spanne lang gewesen.

»Ich nehme ihn heim«, sagte Frau Lizzi.
»Das wäre sein Tod«, sagte Professor Obermeier. »Wir müssen ihn behandeln!«
Der Professor gab sich alle Mühe. Vamperl bekam Injektionen und Pillen. Er bekam Schonkost und Vitamine. Er bekam Höhensonne und Lebertran. Es half alles nichts. Er schrumpfte weiter. Die Haut hing in Falten um seinen mageren Körper. Selbst seine spitzen Vampirzähne schrumpften. Am dritten Tag musste Professor Obermeier die starke Lesebrille aufsetzen, um ihn überhaupt zu sehen.
Frau Lizzi schrumpfte ebenfalls. Das Essen schmeckte ihr nicht. Sogar der Kaffee schmeckte ihr nicht. Sie musste einen Gürtel tragen, sonst hätte sie ihren Rock verloren. Sie war nicht nur traurig. Sie fühlte sich auch schuldig.
»Ich hätte nicht nachgeben dürfen«, sagte sie immer wieder. »Ich hätte nicht nachgeben dürfen.«
Auf dem Heimweg sah sie Hannes, Klaus und Karin. Die drei stupsten Dieter in den Bauch und

fragten. »Was bist du?« Dann antworteten sie selbst: »Dumm bist du.«
Frau Lizzi packte Hannes an den Schultern und rüttelte ihn. Hannes sah sie erstaunt an.
»Willst du sofort aufhören?«, fragte Frau Lizzi.
»Ich sag's meiner Mama!«, jammerte Hannes.
Frau Lizzi schüttelte ihn wieder. »Tu das nur. Und sag ihr auch gleich dazu, warum ich es getan habe.«
»Ist sowieso egal«, sagte Hannes mit finsterem Gesicht.
Frau Lizzi musste an die Ohrfeigen denken. Sie ließ los.
Vamperl, dachte sie. Du müsstest da sein. Was kann ich denn tun? Gar nichts kann ich tun.
Hannes stand vor ihr und stocherte mit den Schuhspitzen im Sand. Sie putzte sich die Nase.
Dann lud sie die Kinder in den Eissalon ein.
Die Kinder wunderten sich.
Frau Lizzi wollte mit ihnen reden. Aber ihre Stimme klang so jämmerlich, dass sie es bleiben ließ.

In dieser Nacht träumte Frau Lizzi von einem riesigen Vampir.

Der riesige Vampir stand vor ihrem Bett und fletschte die Zähne.

Sie wachte auf.

Ihr Kopfkissen war nass.

Dann träumte sie von einer Vampirschar.

Die Vampirschar verfolgte sie.

Die Flügel knatterten wie große Segel im Sturm.

Sie wachte auf.

Ihr Nachthemd war sehr verschwitzt.

Zuletzt träumte sie vom Krankenhaus. Sie kam in Vamperls Zimmer.

Da stand die Glasglocke.

Unter der Glasglocke war nichts.

Sie wachte auf.

Ihr Herz schlug so hart, dass es wehtat.

Frau Lizzi stand auf.

 Die Gedanken in ihrem Kopf schwirrten durcheinander.
Langsam löste sich einer aus dem Getümmel.
Frau Lizzi trank eine Tasse Kamillentee und zwang sich, ganz ruhig zu überlegen.
Als die Morgendämmerung über die Häuser kroch, stand ihr Entschluss fest.

Letztes Kapitel

Wieder fuhr Frau Lizzi mit der ersten Straßenbahn ins Krankenhaus. Mit weichen Knien ging sie in Vamperls Zimmer. Er war noch da.

Aber er war winzig.

So winzig wie an dem Tag, als sie ihn in der Spinnwebe gefunden hatte.

»Vamperl«, flüsterte sie. »Ich bin's. Bitte erschrick jetzt nicht. Du darfst nicht erschrecken, hörst du?«

Sie packte die Glasglocke und warf sie mit Schwung auf den Boden.

Die Scherben klirrten.

 Vamperl rührte sich nicht.
»Du bist doch nicht tot?«, flüsterte Frau Lizzi. »Du darfst nicht tot sein! Bitte!«
Eine Krankenschwester kam gelaufen. »Was ist da passiert?«, fragte sie.
Frau Lizzi gab keine Antwort. Sie stand über Vamperl gebeugt. Sie wusste noch immer nicht, ob er überhaupt noch lebte.
Klingeln schrillten. Summer summten. Lampen flackerten. Die Tür wurde aufgerissen.
Professor Obermeier kam herein, gefolgt von Ärzten und Schwestern und Studenten.
»Was ist passiert?«, fragte Professor Obermeier.
Frau Lizzi richtete sich auf. »Gar nichts ist passiert. Ich habe die Glocke absichtlich runtergeworfen.«
»Absichtlich?!« Der Professor versuchte nicht zu brüllen. »Sie bringen ihn in Gefahr! Und morgen kommen Giftfachleute aus aller Welt.«
»Ihre Fachleute sind mir egal. Und in Gefahr ist er, seitdem er hier eingesperrt ist! Eingesperrt-

sein verträgt er nicht. Solange er bei mir war und den Leuten das Gift aus der Galle gesaugt hat, war er putzmunter. Sie haben ihn krank gemacht, Herr Professor!«

 »Sind Sie völlig verrückt? In meinem Krankenhaus wird man nicht krank gemacht!«
Professor Obermeier geriet immer mehr in Wut. »Wir haben ihm die Möglichkeit gegeben, zum Wohle der Menschheit zu wirken!«
Frau Lizzi streichelte mit einem Finger über den reglosen Vamperl. »Vielleicht ist es ohnehin schon zu spät. Ich hätte ihn früher wegholen müssen. Aber Sie wollten ja unbedingt berühmt werden auf seine Kosten!«
»Das ist eine Beleidigung!«, schrie Professor Obermeier. »Nehmen Sie das sofort zurück!«
Er ging einen Schritt auf Frau Lizzi zu.
In dem Moment bewegte sich der winzige Vampir. Er schoss nicht auf den Professor los. Er torkelte. Aber er stach zu.
Er war so schwach, dass er Mühe mit dem Saugen hatte. Aber schon nach den ersten Schlucken ging es besser.
Ärzte und Schwestern starrten den Professor an.
Frau Lizzi liefen die Tränen über die Wangen.

Auf dem Gesicht des Professors breitete sich eine große Verwunderung aus.
Plötzlich fiel Vamperl vom Professorbauch ab wie ein reifer Apfel.
Frau Lizzi konnte ihn gerade noch auffangen, bevor er zu Boden fiel.
Er rollte sich in ihrer Hand zusammen.
»Meine liebe Frau Lizzi«, sagte der Professor, »es war wirklich nicht so gemeint.«
»Schon gut«, sagte sie. »Also auf Wiedersehen!«
»Bitte, bleiben Sie doch!« Der Professor legte ihr die Hand auf den Arm.
Vamperl zitterte.
»Tut mir leid, Herr Professor«, sagte Frau Lizzi. »Vamperl ist noch viel zu schwach fürs Krankenhaus. Der gehört jetzt nach Hause. Sie können ja mit Ihren Herren zu uns kommen, wenn Sie wollen. Ich koche Ihnen auch einen Kaffee. Und später, wenn mein Vamperl wieder gesund ist, kommen wir auch her, falls Sie uns brauchen.

 Wir helfen gern aus. Aber eingesperrt wird nicht mehr.«

»Eingesperrt wird nicht mehr«, wiederholte Professor Obermeier und nickte.

Vamperl war inzwischen auf Frau Lizzis Kopf gekrabbelt.

»Zieh nicht so an meinen Haaren«, sagte sie.

Sie lächelte. Wenn er sie an den Haaren rupfte, dann war ja alles wieder gut. Oder beinahe wieder gut.

Die Ärzte und Schwestern standen immer noch im Halbkreis um Professor Obermeier und Frau Lizzi. Sie hatten Mühe, den Mund wieder

 zuzubringen. Sie standen da wie ein stummer Chor.
Sie konnten nicht fassen, dass es jemand gewagt hatte, dem Herrn Professor zu widersprechen.
Sie konnten noch weniger fassen, dass der Herr Professor so freundlich wurde, wenn man ihm widersprach.
»Wir müssen gehen«, sagte Frau Lizzi. »Wir haben viel zu tun. Es ist alles in Unordnung gekommen, während er hier war.«
Sie schüttelte dem Professor die Hand. Er bot ihr den Arm, sie hakte sich ein. Ärzte und Schwestern folgten ihnen.
Vamperl zupfte glücklich fiepend Haare aus Frau Lizzis Knoten. Er winkte dem Professor und den Ärzten und den Schwestern zu. Die Sonne schien.
»Na, du«, sagte Frau Lizzi. »Für heute gehen wir nach Hause. Ich habe mir einen Kaffee verdient, meinst du nicht? Aber sobald du wieder gesund

bist, machen wir uns ernsthaft auf die Suche. Du weißt schon, was ich meine. Ein Vamperl ist einfach nicht genug. Solche wie dich brauchen wir viele!«

Vamperl soll nicht alleine bleiben

Vamperls Heimkehr

Das große Tor des Krankenhauses wurde aufgerissen.

Herr Professor Obermeier trat heraus, an seinem Arm ging eine ältere, rundliche Frau. Hinter ihnen kamen Ärztinnen und Ärzte, Krankenschwestern und Pfleger, Putzfrauen und Träger. Alle stellten sich im Halbkreis um den Professor und die Frau mit dem Strohhut.

»Darf ich Sie wirklich einmal besuchen, Frau Lizzi?«, fragte der Herr Professor.

»Gern«, sagte Frau Lizzi. »Wir werden uns freuen. Und Sie bekommen auch einen guten Kaffee bei mir. Jedenfalls ist er sehr viel besser als im Krankenhaus.«

Der Professor machte eine Verbeugung wie ein braver Bub.

»Ich freue mich darauf. Aber jetzt muss ich zurück zu meinen Patienten.« Er wandte sich an

 eine junge Ärztin. »Begleiten Sie bitte Frau Lizzi zum Taxistand?«

Der Professor und sein Gefolge verschwanden im Haus. Die junge Ärztin nahm Frau Lizzis Arm.

»Danke, sehr lieb. Entschuldigen Sie, ich muss mich einen Moment setzen.« Frau Lizzi ging zu einer Bank unter großen alten Bäumen.

»Ist Ihnen nicht gut?«, fragte die Ärztin besorgt, griff nach Frau Lizzis Handgelenk und fühlte ihren Puls.

»Es geht gleich wieder. Das war doch alles sehr aufregend. Schließlich bin ich nicht mehr die Jüngste und er ist mein erstes Kind.«

»Wie bitte?« Plötzlich meinte die Ärztin unter Frau Lizzis Hut ein kleines Gesicht zu sehen, das Grimassen schnitt. Sie wischte sich über die Augen und schnappte nach Luft.

»Das war mein Vamperl«, sagte Frau Lizzi.

»Wie bitte?«

Frau Lizzi lachte. »Ach so«, sagte sie.

»Sie sind wohl erst aus dem Urlaub zurückgekommen und wissen gar nichts?«

Die Ärztin nickte.

Ich hätte nicht direkt vom Flughafen in den Dienst gehen dürfen, dachte sie. Habe ich am Ende eine Tropenkrankheit erwischt, die das Gehirn aufweicht?

»Ich hätte es auch nicht geglaubt, wenn ich es nicht selbst erlebt hätte«, sagte Frau Lizzi.

Dann erzählte sie, wie alles gekommen war: Wie

sie den kleinen Vampir in einem Spinnennetz fand.
Wie sie ihm seine erste Milchflasche gab. Wie sie sich an ihn gewöhnte.
Wie er größer und größer wurde und wie ihm die Milch nicht mehr genügte.
Wie er schließlich anfing Leuten Gift aus der Galle zu saugen.
»Das erste Mal war es bei der Mutter vom Hannes. Die Frau Müller wollte den Buben ohrfeigen, nur wegen einem Loch in der Sonntagshose und einem grünen Grasfleck. Aber das ist doch kein Grund, oder?«
»Nein«, sagte die Ärztin.
Frau Lizzi schmunzelte. »Das Gesicht vom Hannes hätten Sie sehen sollen! Er wartete auf die Ohrfeige – und plötzlich wuschelte ihm seine Mutter die Haare. Der hat den Mund nicht mehr zugekriegt.«
Sie sang der Ärztin das Lied vor, das sie damals für Vamperl gedichtet hatte:

»Ja – so ein Vampir
ist kein böses Tier!
Muss es nicht sein,
wenn er von klein
auf Liebe spürt.

Mein Vamperl trinkt nur Milch
und mag kein Blut
und macht die bösen Leute alle wieder gut.
Wenn einer tobt und schreit, was er kann,
dann flitzt mein Vamperl lautlos heran,
saugt ihm ein bisschen Gift aus der Gall' –
erledigt der Fall!
Mein Vamperl trinkt nur Milch
und mag kein Blut
und macht die bösen Leute alle wieder gut.«

»Wie schön«, sagte die Ärztin.
Frau Lizzi erzählte weiter: »Aber dann wollte doch Ihr Professor den Vamperl als Giftsauger am Krankenhaus haben und hat ihn einfach unter einen Glassturz gesteckt. Um ein Haar wär er mir gestorben, mein armer Vamperl. Da hab ich die Glasglocke zerdroschen. Natürlich ist der Professor sehr wütend geworden und Vamperl ist ihm gleich an die Galle gegangen. Das schö-

 ne, frische Gift hat ihn schnell wieder zu Kräften gebracht.«

Vamperl hob den Hut und grinste die Ärztin an. »Wenn ich denke, wie viel Gift es auf der Welt gibt, dann würden wir mindestens tausend Vamperln brauchen«, meinte sie.

»Genau!«, rief Frau Lizzi. »Und jetzt gehen wir nach Hause, Vamperl und ich.«
»Schade«, sagte die Ärztin. »Ich hätte gern mehr gehört. Vielleicht sieht man sich ja wieder einmal. Alles Gute Ihnen und Ihrem … Kleinen.«
»Ihnen auch! Da ist ja meine Straßenbahn.«
Die Ärztin winkte.
Immer wieder spürte Frau Lizzi, wie Vamperl ihren Hut lüpfte. Immer wieder drückte sie ihn herunter. »Vamperl«, flüsterte sie, »sei vorsichtig!«
Zwei Mädchen drehten sich nach ihr um und kicherten. »Die Oma ist nicht mehr ganz dicht!«
Vamperls kleine haarige Hand kam unter dem Hutrand hervor und kraulte Frau Lizzis Schläfe. Dabei fiepte er leise.
Kaum hatte Frau Lizzi daheim das Haustor geöffnet, hörte sie Frau Müller schreien: »Eine Schande ist das! Dieses Zeugnis willst du deiner Oma zeigen? Es heißt doch gleich wieder, ich bin schuld … Vielleicht geht es wirklich nur mit einer ordentlichen Tracht Prügel!«

 Frau Lizzi versuchte erst gar nicht, Vamperl festzuhalten. Sie fühlte einen Luftzug, gleich darauf sagte Frau Müller: »Immerhin – ein Einser und zwei Zweier. Wir beide müssen halt in den Ferien ordentlich miteinander üben.«
Frau Lizzi ging in ihre Wohnung. Vamperl kam angeflattert und kuschelte sich in ihre Halsgrube. Dort schlief er ein und Frau Lizzi döste auch ein bisschen.
Geschrei im Treppenhaus weckte beide auf: Frau Anna und Frau Maringer stritten wieder einmal. Bello und Flocki kläfften dazu.
Ärgerlich machte Frau Lizzi die Tür auf. Vamperl schoss hinaus und saugte beiden Frauen das Gift aus der Galle.
Dann waren zwei Buben dran, die einen angebundenen Hund mit Kletten bewarfen.
Am Abend grölte ein Betrunkener vor dem Haus. Vamperl flog zum Fenster. Der Mann hob die Hand. Vor ihm stand ein blasses kleines Mädchen und versuchte den Kopf mit den Armen zu

 schützen. Mit angelegten Flügeln stürzte sich Vamperl in die Tiefe.
Er stach zu, aber der Mann torkelte und Vamperl traf nur den Arm. Der Betrunkene brüllte auf. Doch jetzt schaffte es Vamperl, einen großen Schluck Gift aus der Galle zu saugen.
Ganz zahm wurde der Mann und ließ sich von dem kleinen Mädchen nach Hause führen.
Vamperl versuchte aufzufliegen, machte aber nur ein paar Hüpfer.
Frau Lizzi beugte sich weit aus dem Fenster.
Sie sah, wie Vamperl torkelte und taumelte. So schnell sie konnte, lief sie hinunter.
»Du bist ja total besoffen!«, schimpfte sie, als sie ihn aufhob. Sein Bauch gluckste, er rülpste laut. Kopfschüttelnd trug sie ihn in die Wohnung.
»Na, gute Nacht«, schimpfte sie. »So klein und schnarcht wie ein ganzes Sägewerk. Wie soll ich denn da noch schlafen? Aber so weiß ich wenigstens, dass du da bist. Und das ist schön.«

Auf dem Dachboden …

Vamperl schnarchte noch immer, als Frau Lizzi aufwachte. Arme und Beine weit von sich gestreckt, lag er da.

»Mistkerl«, sagte sie leise. »Du lieber, kleiner Mistkerl.«

Sie kochte einen besonders guten Kaffee, öffnete ein Glas selbst gemachter Himbeermarmelade, freute sich über die fröhliche Musik im Radio und genoss ihr Frühstück.

»Und jetzt«, sagte sie, »denk einmal scharf nach, Lizzi. Du hast Vamperl lieb. Sehr lieb sogar. Aber du bist nicht mehr die Jüngste und so lieb er ist, so anstrengend ist er auch. Du bist einfach zu alt für ihn. Tut mir leid, aber so ist es. Über kurz oder lang muss er eine Frau haben. Eine Vampirfrau natürlich. Und Kinder sollen sie kriegen, möglichst viele. Aber wo bekomme ich eine Vampirfamilie für ihn her?«

 Da ihr keine Antwort einfiel, fing sie an, die Wohnung zu putzen. Das half oft.
Vamperl wachte nicht auf, als sie den Boden aufwischte und die Fensterbretter abstaubte. Als sie aber anfing, die Möbel zu polieren, verzog er die Nase und öffnete schließlich ein Auge.
»Das stinkt dir, was?«, fragte Frau Lizzi.
Vamperl nickte heftig.
»Ich mag den Geruch«, sagte sie. »Da merkt man gleich, wie sauber es ist.«
Vamperl zog einen Flunsch.
Ich werde mich daran gewöhnen müssen, wieder allein zu sein, dachte Frau Lizzi. Dafür wird es schön ruhig sein. Und wer weiß, vielleicht brauchen sie mich eines Tages als Oma für ihre kleinen Vamperln. Aber so weit sind wir noch lange nicht.
»Du sollst nicht träumen«, schimpfte sie, »du sollst logisch denken.«
Vamperl fiepte fragend.
»Nicht du«, sagte Frau Lizzi, »ich! Wenn du bloß

antworten könntest! Ich rede mit mir selbst. Das tun alte Frauen oft. Also schön der Reihe nach, sonst kommen wir auf keinen grünen Zweig. Dich habe ich in einer Spinnwebe gefunden. Im Augenblick gibt es hier keine Spinnweben. Außerdem – warum sollte ein zweites Vampirkind ausgerechnet hier landen? Wir müssen in möglichst vielen Spinnweben suchen. Wo gibt es viele Spinnweben? Auf dem Dachboden. Wenn wir ganz großes Glück haben, schläft am Ende direkt über unseren Köpfen ein kleiner Vampir oder noch besser eine Vampirin. Also los, Vamperl, worauf warten wir noch?«

Frau Lizzi zog eine alte Kittelschürze an, band sich ihr Kopftuch um und marschierte zum Hausmeister. Sie bat ihn um den Dachbodenschlüssel.

»Was wollen Sie denn dort oben?«, fragte er.

Auf diese Frage war Frau Lizzi gefasst.

»Ein bisschen sauber machen, ich möchte meine Teppiche waschen und aufhängen.«

Mit Besen und Schaufel, Eimer und Putzlappen begann Frau Lizzi den Aufstieg. Stickige Luft schlug ihr entgegen, als sie die schwere Eisentür öffnete. Der Boden war bedeckt mit Staub und Taubenmist.

»Da haben wir uns was angetan«, seufzte Frau Lizzi.
Durch die Dachluken drangen Bündel von Sonnenstrahlen, in denen Staubkörnchen tanzten.
Vamperl flatterte von einer Ecke in die andere und stieß dabei seltsame hohe Töne aus. Plötzlich jaulte er auf.
Frau Lizzi musste über ein schwankendes Brett balancieren, um zu ihm zu kommen.
Im Dunkeln streiften Spinnweben ihr Gesicht. Sie streckte die Hand aus, erwischte Vamperl, trug ihn zum Fenster. Er war völlig verstrickt in dünne, graue Fäden. Vorsichtig wickelte sie ihn aus. Er verkroch sich zitternd in ihre Schürzentasche.
Als Frau Lizzi das Brett ansah, über das sie gegangen war, wurde ihr flau im Magen. Ein paar Minuten stand sie vor einer Dachluke und atmete tief durch. Dann machte sie sich entschlossen an die Arbeit. Dachbalken um Dachbalken suchte sie ab. Sie fand viele Spinnennet-

 ze, sie fand tote Fliegen, Bienen und Wespen, auch zwei Schmetterlinge. Einen Vampir fand sie nicht.

»Wär ja auch ein Wunder, gleich beim ersten Mal«, versuchte sie sich und Vamperl zu trösten.

Sie fing an zu kehren, dabei wirbelte sie Unmengen von Staub auf. Vamperl nieste, Frau Lizzi nieste.

Der Eimer war voll und noch immer sah man keinen Unterschied auf dem Dachboden. Frau Lizzi bückte sich, um den Kübel aufzuheben, da schlug etwas hart gegen ihre Wange.

Sie schrie auf und sah eine Taube durch die Dachluke davonfliegen. »Ich kann nicht mehr«, flüsterte Frau Lizzi und machte sich an den langen Abstieg.

»Ja, wie schauen Sie denn aus?«, rief der Hausmeister.

»Ich schaff's nicht«, sagte Frau Lizzi kleinlaut.

Der Hausmeister nickte. »Irgendwann mache ich

da oben Ordnung«, versprach er. »Irgendwann demnächst.«

Daheim ließ sich Frau Lizzi in ihren Sessel fallen. Vamperl zupfte ihr die Spinnwebenreste aus den Haaren.

Als sie später am Spiegel vorbeiging, erschrak sie. Dann musste sie lachen. Das Monster mit den Rußflecken im Gesicht, das war sie!

Ihr Waschwasser sah aus wie schwarze Tusche. Als sie endlich sauber war, wollte sie Vamperl im Waschbecken baden. Er flutschte davon und flog auf die Vorhangstange.

»Bitte sehr«, sagte sie. »Wie du willst.«

Er fing an, sich zu putzen wie eine Katze, nur nicht so gründlich. Nach einer Weile kam er angeflogen, legte den Kopf schief und nahm einen Anlauf, um auf Frau Lizzis Schulter zu hüpfen.

Sie wehrte ihn ab. »Mit Schmutzfinken schmuse ich nicht!«
Nach dem dritten oder vierten Versuch flatterte er auf den Waschbeckenrand und fiepte auffordernd.
»Warum denn nicht gleich?«, schimpfte Frau Lizzi.
Vorsichtig wusch sie ihn. Er schüttelte sich, dass die Tropfen flogen. Frau Lizzi lobte ihn sehr.

136 Später saßen sie vor dem offenen Fenster und schauten hinauf in den Abendhimmel und hinunter auf die Straße. Vamperl flog nur einmal kurz weg, um sich aus den Gallen von drei großen Buben, die ein paar Kleinen den Ball weggenommen hatten, sein Abendessen zu holen. Als er zurückkam, leckte er sich genüsslich die Lippen.

… und im Keller

Am nächsten Tag beschloss Frau Lizzi, ihre Suche auf den Keller auszudehnen.
»Ich hab die Blumenerde unten«, erzählte sie dem Hausmeister. »Ich muss meine Pflanzen umtopfen.«
Er blickte ihr kopfschüttelnd nach. »Das kommt vom Alleinsein«, murmelte er.
Frau Anna kam mit Bello die Treppe herunter. Plötzlich fing der Hund an zu heulen. Er heulte wie ein Wolf.
Vamperl verkroch sich tief in Frau Lizzis Haarknoten.
Sie schloss schnell die Kellertür hinter sich. »Reiß mir nicht alle Haare aus«, sagte sie. »Ein paar würde ich ganz gern behalten. Hierher kommt der Bello nicht, die Tür ist zu und die Frau Anna geht überhaupt nie in den Keller, die fürchtet sich viel zu sehr vor Ratten.«

 Es dauerte lange, bis sich Vamperl beruhigte, und noch länger, bis er zaghaft losflog und die Kellergänge erkundete.

Auch hier gab es viele Spinnweben, kunstvolle riesige Netze. In einem saß eine fette Spinne, direkt in Augenhöhe von Frau Lizzi. Sie wich zurück. Doch Vamperl betrachtete die Spinne interessiert.

Langsam ließ sie sich an einem langen Faden herunter. Ihre acht haarigen Beine zappelten und ruderten.

Vor einer Kellertür saß eine winzige Maus und guckte Frau Lizzi aus runden schwarzen Augen an. Erst im letzten Moment huschte sie davon. Vamperl fiepte aufgeregt.
Einen Vampir fanden sie nicht.
»Vielleicht morgen«, sagte Frau Lizzi und bemühte sich, so viel Munterkeit wie möglich in ihre Stimme zu legen.
Auf der Treppe traf sie Hannes. »Hast du einen Moment Zeit?«, fragte sie, denn ihr war plötzlich eine Idee gekommen.
Hannes nickte.
Frau Lizzi öffnete ihre Wohnungstür. »Komm rein. Muss ja nicht jeder mithören, oder?« Sie ging zum Küchenschrank. Hannes bemühte sich, nicht allzu deutlich auf die Schublade zu starren, in der Frau Lizzi Kekse und Schokolade aufbewahrte. Aber da hatte sie bereits eine Tafel in der Hand, weiße Schokolade mit Nüssen und Trauben. Genau die, die Hannes am liebsten aß.
»Du bist ja ein kluger Kerl«, begann Frau Lizzi.

 Hannes dachte an sein Zeugnis und schwieg. Sie fuhr fort: »Ich möchte dich bitten, dass du in den nächsten Tagen möglichst viele Spinnennet-

ze anschaust. Wenn du irgendwo etwas Ungewöhnliches bemerkst, kommst du sofort zu mir und sagst mir Bescheid. Aber nichts anrühren oder zerstören, verstehst du? Für zehn Spinnennetze gibt es eine Tafel Schokolade. Du übernimmst die Zählung. Ich verlass mich auf dich.«

Hannes dachte nach. Der Vorschlag erschien ihm so verrückt, dass er ihn nicht annehmen wollte. Es sagten ja fast alle im Haus: Die Frau Lizzi ist etwas wunderlich geworden. Durfte er das ausnutzen?
Frau Lizzi verstand sein Zögern falsch. »Wenn es dir lieber ist, kannst du auch Geld haben. Du musst natürlich aufpassen, wenn du in fremden Häusern suchst. Die Leute kommen leicht auf falsche Gedanken.«
Hannes nickte. Die Leute kamen meistens auf falsche Gedanken, seiner Meinung nach. »Was wollen Sie eigentlich finden?«, fragte er.
»Keine Fliegen, Bienen, Wespen oder Schmetterlinge«, sagte Frau Lizzi. Sie hätte Hannes gern ins Vertrauen gezogen, aber sie fand es besser, damit noch zu warten. »Das sag ich dir später.«
Hannes liebte Geheimnisse und es war klar, dass hinter Frau Lizzis Vorschlag ein Geheimnis verborgen war. Das würde er herausfinden! Er streckte ihr die Hand hin. »Einverstanden.«

 »Und kein Wort zu irgendwem?«

»Kein Wort.«

»Prima. Und du kommst jeden Abend und berichtest, was du gefunden hast?«

»Aber klar doch.«

Frau Lizzi war sehr zufrieden. Sie tauchte ihre schmerzenden Füße in eine Waschschüssel mit Badesalz. Vamperl flog auf den Rand und schnupperte. Dann setzte er sich auf Frau Lizzis Kopf und versuchte Zöpfchen zu flechten.

Als sie sich vor dem Schlafengehen frisieren wollte, kam sie mit dem Kamm nicht durch. Ihre Haare waren völlig verfilzt.

»Wenn du das noch ein einziges Mal machst«, drohte sie, »dann … dann kannst du was erleben!«

Sie hatte das deutliche Gefühl, dass Vamperl sie nicht ernst nahm. Es sah fast aus, als ob er grinste.

Im Museum …

Schon beim Aufwachen spukte eine Idee in Frau Lizzis Kopf herum. Sie wusste bloß noch nicht, welche. Also musste sie geduldig warten, bis die Idee herauskommen wollte.
Vamperl schlief noch tief und fest. Frau Lizzi lief zum Bäcker. Als sie zurückkam, war Vamperl verschwunden. Sie bemühte sich, ruhig zu bleiben, aber es gelang ihr nicht. Die Milch kochte über, während Frau Lizzi vor dem Herd stand und zusah, wie der Schaum immer höher stieg.
Da flog Vamperl durchs Fenster herein, schoss auf Frau Lizzi zu und schmatzte ihr einen Kuss auf die Wange.
»Vamperl«, sagte Frau Lizzi, »wie kann man etwas suchen, wenn man nicht genau weiß, was es ist?«
Er kratzte sich ausgiebig.
»Kennst du dich in deiner Verwandtschaft über-

haupt aus? Ich nicht. Du auch nicht. Und wo können wir etwas erfahren? Im Museum. Wir beide gehen heute dorthin.«

Frau Lizzi zog ihr bestes Buntgeblümtes an und bequeme Schuhe. Sie steckte ein sauberes Taschentuch ein und eine Packung Traubenzucker. Vor dem großen Gebäude blieb sie kurz stehen und ermahnte Vamperl, artig zu sein. Dann betrat sie das Haus. Sie kam sich klein vor auf der riesigen Treppe. »Da sieht man schon, was für eine große Sache die Wissenschaft ist«, flüsterte sie. Noch kleiner fühlte sie sich vor den Dinosaurierskeletten.

Vamperl flog auf einen Dinosaurierschwanz und fing an zu wippen. Die Knochen klapperten leise, der Draht, auf dem sie aufgezogen waren, quietschte.

»Sofort kommst du …«, schimpfte Frau Lizzi, aber in diesem Augenblick trat ein Aufseher durch die hohe Doppeltür. Misstrauisch blickte er herüber.

 Vamperl versteckte sich hinter einer Dinosaurierrippe. Der Aufseher legte die Hände auf den Rücken und kam näher.

Frau Lizzi spürte, wie der Schweiß an ihr herablief, obwohl es im Museum kühl war.
»Darf ich Sie etwas fragen?« Ihre Stimme klang piepsig.
»Gern. Dazu bin ich da.«
Frau Lizzi zeigte auf den Dinosaurier, in dem sich Vamperl versteckt hatte. »Ist das hier der Brontosaurus? Dem haben doch die alten Ägypter kleine Kinder geopfert, nicht wahr?«
Der Aufseher betrachtete sie von oben bis unten und von unten bis oben. Er führte sie in die andere Ecke des Raumes.
»Das hier ist der Brontosaurus«, erklärte er. »Er hat sich ausschließlich von Pflanzen ernährt. Kleine Kinder konnte er schon deshalb nicht fressen, weil es zu seiner Zeit noch keine gab, weder ägyptische noch andere. Er war seit mehr als 150 Millionen Jahren ausgestorben, als die ersten Menschenkinder auf der Erde herumkrabbelten.«
Frau Lizzi sah aus dem Augenwinkel, wie Vam-

 perl auf einen Schrank flog. Eilig bedankte sie sich bei dem Aufseher.
Sie konnte sich gut vorstellen, wie er seinen Kollegen von der verrückten Alten erzählen würde. Sie bot ihm ein Stück Traubenzucker an, doch er mochte nichts Süßes.
Frau Lizzi wandte sich wieder dem Dinosaurier zu. Der Aufseher ging in den Nebenraum.
Vamperl kam im Sturzflug in Frau Lizzis Tasche zurück.
Um nicht weiter aufzufallen, fragte sie nicht nach der Abteilung mit den Fledermäusen. Suchend wanderte sie durch die Räume.
Die ausgestopften Tiere machten sie traurig. Der Geruch von Mottenpulver und Staub kitzelte in ihrer Nase. Vamperl lag ruhig in ihrer Handtasche, ihm war wohl der Schreck in die Glieder gefahren.
Endlich kamen sie zu den Fledermäusen. Was es da nicht alles gab: kleinwinzige und riesengroße, spitzohrige und rundohrige, hundert und

mehr in hohen Glaskästen. Frau Lizzi entdeckte einen großen Vampir. Aber der war in Nordbrasilien und Guyana zu Hause und ernährte sich ausschließlich von Insekten und Früchten, ebenso wie der Langzungenvampir nebenan.
Vamperl wurde unruhig.
Er streckte den Kopf aus der Tasche und begann zu fiepen. Das Fiepen ging in ein Winseln über.
Frau Lizzi hatte eben die Aufschrift »Blutsauger«

 entdeckt. »Von Mexiko bis Paraguay weit verbreitet«, las sie. Da ging ein furchtbares Zucken durch den kleinen Vampir.

»Entschuldige, Vamperl«, murmelte sie. »Ich hab einfach nicht nachgedacht. Natürlich muss das schrecklich sein für dich: lauter Fledermäuse hinter Glas. Das muss dich ja an die Zeit unter der Glasglocke erinnern. Mein armer Kleiner. Ringsum nichts als tote Verwandtschaft.«

So schnell es ihre müden Beine erlaubten, lief sie ins Treppenhaus und setzte sich auf ein Geländer.

Langsam beruhigte sich Vamperl unter ihren Streichelfingern.

Drei kleine Mädchen kamen die Treppe herauf und zankten sich. Frau Lizzi verstand nur »... dumm und hässlich«.

Ein Mädchen blieb zurück. Ganz allein stand es auf der großen Treppe.

Plötzlich griffen Frau Lizzis Finger ins Leere. Blitzschnell hatte Vamperl sich auf die schimpfenden Mädchen gestürzt, saugte ihnen das Gift aus der Galle und flog zurück in Frau Lizzis Handtasche. Nachdenklich ging sie die Treppe hinunter.

Paraguay bis Mexiko, überlegte sie auf dem Heimweg. Arg weit weg. Und wer weiß, ob die

Blutsaugerverwandtschaft etwas mit meinem Vamperl zu tun haben will? Oder er mit ihnen? In so einer Familie muss er doch das schwarze Schaf sein und die meisten Familien nehmen es übel, wenn einer anders ist. Dabei ist doch jeder anders, irgendwie. Er ist halt noch ein bisschen anderer. Nein, nach Südamerika fliege ich nicht. Oder war das Mittelamerika? Egal, beides ist zu weit.

Sie nickte ihrem Spiegelbild in einer Schaufensterscheibe zu.

... und in der Höhle

Frau Lizzi beschloss, einen Ruhetag einzulegen, wegen der Füße und wegen der Aufregung. Vamperl schaukelte an der Vorhangschnur, er übte sich im Kunstfliegen, er versteckte sich und Frau Lizzi musste ihn suchen.

Gegen Abend kam Hannes, Hemd und Haare voll mit Spinnweben. 178 Spinnennetze hatte er gezählt. »Aus einem habe ich einen Marienkäfer gerettet. Ich hab schon gedacht, der ist tot, aber da ist er weggeflogen.«
»Toll«, sagte Frau Lizzi. »178 Spinnennetze und

ein geretteter Marienkäfer ergeben 18 Tafeln Schokolade.«
»Das ist zu viel«, sagte Hannes. »Wissen Sie was, Frau Lizzi? Die Hälfte schenke ich Ihnen.«
Frau Lizzi nahm das Geschenk dankbar an. Sie hatte große Lust, seine Haare zu wuscheln. Stattdessen gab sie ihm einen Apfel.
Mit vollem Mund murmelte Hannes:
»Ich wüsste so gern, was Sie eigentlich suchen. Ich meine, wo ich doch Ihr Detektiv bin.«
Frau Lizzi nickte. »Ja – warum eigentlich nicht?«
Gerade in diesem Augenblick wurde oben ein Fenster geöffnet und Frau Müller rief ihren Sohn. Er ging sehr ungern.
Frau Lizzi drehte das Radio auf. Da redete einer von Fledermäusen! Er sprach davon, wie gefährdet sie sind. »In der Hermannshöhle, wo viele Fledermäuse überwintern, hat man vor 45 Jahren noch über 900 gezählt, im letzten Winter weniger als 300. Die meisten davon waren Kleine Hufeisennasen, insgesamt gab es 14 Arten.«

 Dort fahre ich hin, dachte Frau Lizzi. 14 Arten, darunter muss es doch Verwandte von Vamperl geben. Schließlich hab ich ihn hier gefunden, warum soll ich dann seine Familie am anderen Ende der Welt suchen? Und den Hannes nehmen wir mit.
Frau Lizzi überlegte eine Weile, dann schlug sie sich an die Stirn. »Keine Angst, Vamperl, deine Verwandtschaft in der Hermannshöhle ist nicht unter Glas und tot ist sie auch nicht.«
Vamperl hängte sich kopfunter an die Vorhangstange, dann flatterte er Frau Lizzi auf den Schoß. Er machte ein paar Purzelbäume, er kitzelte sie unterm Kinn, er fiepte ihr ins Ohr.
»Aufhören!«, quietschte sie. »Sonst kommen noch die Frau Anna und die Maringer …«
Gleich am nächsten Morgen erkundigte sich Frau Lizzi nach den Bahn- und Busverbindungen. Dann ging sie einkaufen und fragte Frau Müller, ob sie Hannes zu einem Ausflug einladen dürfe.

»Sind Sie sicher, dass er Ihnen nicht lästig sein wird?«, gab Frau Müller zu bedenken. »Er ist so ein Wildling.«

»Ich finde ihn immer sehr hilfsbereit«, sagte Frau Lizzi. »Sie können stolz auf ihn sein.«

Frau Müller lächelte geschmeichelt. Sie hätte gerne noch mehr gehört, aber vor ihrer Kasse im Supermarkt standen die Leute bereits Schlange. Frau Lizzi eilte nach Hause und klopfte mit dem Besenstiel an die Zimmerdecke. Wenige Minuten später kam Hannes angerannt. »Sie wollten mir doch gestern etwas erzählen …«

»Stimmt«, sagte Frau Lizzi. Sie holte tief Atem. »Also – ich habe nämlich einen Vampir, oder eigentlich doch keinen Vampir, sondern ein Vamperl, und …«

Hannes hörte aufmerksam zu. Als sie fertig erzählt hatte, runzelte er die Stirn. »Jeder müsste sein eigenes Vamperl haben, in der Schule, zu Hause, eigentlich immer. In meiner Klasse bräuchten mindestens zehn Kinder eines. Und die Lehrerin auch. Und meine Mama. Wenn die ein Vamperl hätte, würde ich vielleicht gar keines brauchen …« Er kratzte sich an der Nase.

»Genau!«, rief Frau Lizzi. »Darum brauchen wir eine Frau für ihn.«
»Und dann züchten wir Vamperln!« Hannes war begeistert. »Hoffentlich geht es so schnell wie bei Hamstern. Wie lange ist die Tragzeit?«
»So habe ich das eigentlich nicht gesehen«, sagte Frau Lizzi. »Ich hab mehr an Liebe gedacht.«
Hannes überlegte eine Weile, dann sagte er: »Sie haben recht. Züchten kann man Vampire, aber keine Vamperln.«
Vamperl flog von der Vorhangstange herunter und zupfte Hannes an den Ohren und an den Haaren. Frau Lizzi erklärte ihm ihren Plan für morgen.
»Extra-spitzenmäßig super«, sagte er. »Ich wollte immer schon Höhlenforscher werden. Aber jetzt will ich doch noch ein paar Dachböden absuchen.«
Frau Lizzi schnitt ein Loch in die Außentasche ihres Rucksacks und nähte feinen Vorhangstoff dahinter. Dann polsterte sie die Tasche aus und

 packte den Rucksack. Gegen halb sechs kam Hannes zurück. »Ich hab sowieso nicht geglaubt, dass ich heute eine Frau für ihn finde«, erklärte er. »Ich wollte nur nichts auslassen.«

Vor lauter Aufregung konnte Frau Lizzi lange nicht einschlafen. Als plötzlich der Wecker neben ihr schepperte, wusste sie erst gar nicht, wo sie war. Dann musste sie sich beeilen, um Han-

nes abzuholen und rechtzeitig zum Bahnhof zu kommen.
Während der ganzen Fahrt döste sie vor sich hin. Hannes war auch noch nicht richtig wach. So-

bald sie aber aus dem Autobus stiegen, hüpfte Hannes von einem Fuß auf den anderen, rannte vor und zurück und bestand darauf, den Rucksack zu tragen.

Vamperl quiekte vergnügt bei jedem Sprung.

Sie erreichten den Höhleneingang und fröstelten in dem kalten Luftzug aus der Tiefe.

Der Höhlenführer war ein freundlicher junger Mann mit Bart. Er erklärte, wie die Tropfsteine wachsen, und wies auf besondere Gebilde hin: den »Frosch«, das »Zelt«, den »Weißen Wasserfall«. Tierköpfe, fratzenartige Gesichter lugten aus den Faltenwürfen der Felswand hervor, gelb, rot und grün, andere wieder blendend weiß.

Hannes musste Frau Lizzis Hand ganz fest drücken, weil alles so schön war. Aber auch ein bisschen unheimlich, wenn er daran dachte, dass über ihnen ein ganzer Berg lag.

Weil sie gar nicht so schnell schauen und alles aufnehmen konnten, blieben sie etwas zurück und standen plötzlich allein im Finstern. Irgend-

 wo vorne um die Ecke hörten sie den Führer reden.
Sie beeilten sich, die anderen einzuholen, und kamen in einen sehr hohen, schmalen Raum. Ein weißer Spitzenvorhang hing wie im Wehen erstarrt da. Aus einem der Deckenzapfen platschte ein Wassertropfen auf den Höhlenboden.
Frau Lizzi hob den Kopf. »Da, eine Fledermaus!« Das Tier flatterte im Zickzack quer durch die Höhle, schoss tief herunter und stieg wieder hoch. Ein paar Leute kreischten und schützten ihre Haare mit den Händen.
Vamperl fiepte so laut, dass Frau Lizzi meinte, alle müssten ihn hören. Sie griff nach der Klappe, aber er schnellte unter ihrer Hand aus dem Rucksack und schwang sich hinauf zu der Fledermaus.
Die beiden umkreisten einander.
»Schau, jetzt sind's zwei!«, rief ein Kind. »Eine große und eine kleine.«
Frau Lizzi hatte keinen Blick mehr für die Schön-

 heiten der Höhle. Als hätte sie Watte in den Ohren, hörte sie den Führer sagen, dass Fledermäuse bestimmt niemandem an die Haare gingen, und dann etwas von kleinen Hufeisennasen und Großmausohren.
Auf einer steilen Treppe stolperte sie. Ein scharfer Schmerz schoss durch ihren linken Fuß. Hannes drückte ihre Hand.
»Vamperl«, flüsterte sie, »komm wieder. Du kannst sie ja mitbringen.«
Hannes pfiff leise. Das Echo warf den Pfiff von allen Seiten zurück.
Die Gruppe erreichte den Ausgang. Der Führer verabschiedete sich und sperrte die schwere Tür zur Höhle ab.
Frau Lizzi ließ sich auf eine Bank fallen. Wo soll Vamperl jetzt schlafen? Was wird er essen? Er wird verhungern und ich bin schuld. Sie schlug die Hände vors Gesicht.
»Da ist er!«, rief Hannes. »Er kommt aus dem Felsspalt!«

Einen Moment später kuschelte sich Vamperl in Frau Lizzis Halsgrube.
»Dass du wieder da bist!«, sagte sie immer wieder. Vamperl streichelte ihre Wangen. Da fing sie an zu weinen.
Hannes streifte auf der Suche nach Heidelbeeren durch den Wald. Er brachte Frau Lizzi eine Handvoll. Sein Mund war blau und lila.
Vamperl betrachtete ihn interessiert, nahm eine Beere und steckte sie in den Mund. Zuerst guck-

 te er misstrauisch, dann konnte er gar nicht genug kriegen. Er verschmierte Heidelbeersaft über sein ganzes kleines Gesicht.

»Jetzt siehst du wirklich wie ein Vampir aus«, rief Hannes.
Vamperl fletschte die Zähne und tat, als wollte er zubeißen.
»Wir müssen uns langsam auf den Heimweg machen«, sagte Frau Lizzi.
Vamperl schlüpfte in den Rucksack und streckte sich bequem aus. Frau Lizzi seufzte erleichtert. Beim Aufstehen stöhnte sie. Ihr Fuß tat jetzt arg weh. Hannes stützte sie, so gut er konnte.
Sie brauchten lange, bis sie die Straße erreich-

ten. »Wir versäumen noch den Bus«, murmelte Frau Lizzi. Sie biss die Zähne zusammen und humpelte, so schnell sie konnte. Der Schweiß lief ihr übers Gesicht.

Da bremste ein Auto neben ihr. Der Fahrer war ein freundlicher Mensch. Als er Frau Lizzis Knöchel sah, fuhr er sie bis nach Hause und half sogar, sie in ihre Wohnung zu bringen.

Ihr Knöchel war jetzt unförmig angeschwollen.

Hannes machte einen kalten Umschlag, kochte Kartoffeln und goss die Blumen. Beim Schälen der heißen Kartoffeln hüpfte er von einem Fuß auf den anderen. Vamperl hielt das für ein Spiel und hüpfte auf Frau Lizzis Schoß mit.

Nach dem Abendessen

holte Hannes den Spazierstock seines Großvaters für Frau Lizzi. »Sonst sind Sie ganz hilflos, wenn ich nicht da bin«, sagte er.
Ich weiß gar nicht, warum alle immer an dem Buben rummeckern, dachte Frau Lizzi. Ich mag ihn.

In der Zieglergasse …

Frau Lizzis Knöchel schwoll langsam wieder ab, doch das Auftreten tat noch weh. Hannes kaufte für sie ein und kochte unter ihrer Anleitung. Sie aßen miteinander, sie spielten mit Vamperl Halma und Mensch-ärgere-dich-nicht. Sie machten weite Reisen auf der Landkarte.

Die Nächte aber waren lang. Frau Lizzi fand keinen Platz im Bett für ihren wehen Fuß.

 Nach einer Woche endlich stellte sie beim Aufwachen fest, dass sie die ganze Nacht durchgeschlafen hatte. Vorsichtig ließ sie die Beine aus dem Bett hängen und stellte die Füße auf den Boden. »Vamperl!«, rief sie. »Ich kann wieder auf meinen eigenen zwei Füßen stehen!«

Er rieb sich die Augen.
»Heute wirst du staunen, mein Lieber.« Sie wusch sich, bürstete ihr Haar, steckte den Knoten sorgfältig auf und zog das Buntgeblümte an.

Als Hannes mit den Frühstückssemmeln kam, war sie schon fertig.
»Gerade rechtzeitig«, sagte er erleichtert. Er musste über das Wochenende zu seinem Vater fahren. »Machen Sie mir nur keine Dummheiten, während ich weg bin.«
Sie lachten beide. Hannes hatte noch viele gute Ratschläge auf Vorrat, doch bevor er sie sagen konnte, tönte unten die Autohupe seines Vaters.
»Zähneputzen nicht vergessen!«, rief er im Weglaufen.
Vamperl hockte missmutig auf der Vorhangstange und zog Fäden aus der Gardine.
»Hier wird nicht Trübsal geblasen!«, sagte Frau Lizzi energisch. »In drei Tagen ist er wieder da und wir beide gehen jetzt zu der, die uns erfunden hat. Soll sie sich einmal den Kopf zerbrechen.«
Frau Lizzi zog die Schuhe an. Vamperl flog auf ihren Kopf, sie setzte behutsam den Strohhut auf.

 In der nächsten Telefonzelle schlug sie das Telefonbuch unter »W« auf. Einen Moment lang überlegte sie, ob sie sich anmelden sollte, aber dann fand sie das überflüssig.
Gemächlich schlenderte sie die Straße hinauf. Vamperl holte sich sein Frühstück bei zwei Autofahrern, die um einen Parkplatz stritten.

Vor einem hübschen alten, hellblau gestrichenen Haus blieb Frau Lizzi stehen und studierte die Klingeltafel. »Hier sind wir richtig«, erklärte sie Vamperl und drückte entschlossen auf eine

Taste. Das Tor öffnete sich. Frau Lizzi ging hinauf in den zweiten Stock und klopfte.
»Guten Morgen«, sagte ich.
Frau Lizzi musterte mich. »Sie habe ich mir auch anders vorgestellt. Erkennen Sie mich wenigstens?«
Ich zögerte. »Sie kommen mir bekannt vor, aber ich weiß im Augenblick wirklich nicht, wo ich Sie hintun soll.«
Frau Lizzi marschierte einfach in meine Wohnung und sah sich alles genau an. Sie öffnete jede Tür. »Schön haben Sie es«, erklärte sie. »Allerdings – wann haben Sie zum letzten Mal abgestaubt?« Sie fuhr mit einem Finger über einen Bilderrahmen. »Mir hätten Sie ruhig auch so eine Wohnung geben können. Ein Badezimmer haben Sie natürlich auch. Und ganz in Weiß. Warum habe ich keines? Bin ich weniger wert als Sie?«
Ich wußte nicht, was ich tun sollte. Gefährlich sah die Frau ja nicht aus …

»Sie sind doch nicht am Ende die Frau Lizzi?«, rief ich.
»Wer denn sonst?«, sagte sie. »Natürlich bin ich die Frau Lizzi. Und den Vamperl habe ich auch mitgebracht.«
Ich musste mich setzen. Sie schüchterte mich ein. Ich wusste beim besten Willen nicht, wie ich mich verhalten sollte.
»Darf ich Ihnen vielleicht eine Tasse Tee anbieten?«
»Danke«, sagte Frau Lizzi. »Ich trinke lieber Kaffee, das müssten Sie eigentlich wissen, und zwar einen ordentlich starken!«
Ich war froh, dass ich etwas zu tun hatte. Frau Lizzi kam mir in die Küche nach. »Können Sie wenigstens kochen?«, fragte sie.
»Es geht. – Wollen Sie meinen Apfelkuchen probieren?«
Sie nickte gnädig.
Das glaubt mir kein Mensch, dachte ich. Kein einziger.

Frau Lizzi trug die Tassen ins Arbeitszimmer.
Dort wollte sie lieber sitzen, sagte sie. Sie trat zu meinem Schreibtisch: »Eine schöne Wirtschaft«, stellte sie fest. »Machen Sie da nie Ordnung?«
Ich war gekränkt, denn der Schreibtisch war für meine Begriffe gerade besonders schön aufgeräumt.
Frau Lizzi nahm ein Blatt Papier in die Hand. »Was Sie für eine Krakelschrift haben. Das kann man ja kaum lesen.«
Dann zeigte sie auf meine Schreibmaschine. »Ist das die, auf der Sie mich ...«

»Ja«, sagte ich.

»Sie haben nicht einmal eine elektrische? Und keinen Computer?«

»Nein.«

Sie beugte sich vor. »Können Sie sich keinen leisten?«

»Wenn ich wirklich wollte, könnte ich schon. Aber ich mag meine alte Schreibmaschine. Außerdem muss ich jeden Text immer wieder neu abschreiben und dabei verbessern, damit er so gut wird, wie ich's eben kann.«*

Sie verzog den Mund. »Wie oft haben Sie uns neu geschrieben?«

Ich dachte nach. »Das weiß ich nicht mehr so genau, es ist ja auch einige Jahre her. Drei-, viermal bestimmt.«

Sie betrachtete mich mitleidig. »Drei-, viermal. Und da setzen Sie uns einfach in die Welt, mich und den Vamperl, und machen sich noch beim

* Inzwischen habe ich doch einen Computer. Aber ich schreibe immer noch jeden Text mehrere Male.

vierten Mal keine Gedanken darüber, wo er eine Frau finden soll? Alles muss ich allein erledigen. Und dabei haben Sie mir auch noch diesen Rheumatismus angehängt. Nicht sehr rücksichtsvoll von Ihnen.« Sie nahm einen Schluck Kaffee. »Aber der Kaffee ist gut.«
Nachdem auch der Kuchen ihre Zustimmung gefunden hatte, lächelte sie. Dabei wurden ihre Augen viel blauer.
»Na gut«, brummelte sie, »es ist eben, wie es ist.«
Vamperl flog auf meinen Kopf und begann an meinen Haaren zu zupfen.
»So kurze Haare mag er nicht«, sagte Frau Lizzi.
Ich erklärte ihr, dass bei mir keine Frisur hält und dass ich leider ungeschickt bin im Lockenwickeln und Föhnen.
Sie nickte. »Aber jetzt im Ernst: Wo finden wir eine Frau für ihn?«
Vamperl zog so heftig an meinen Haaren, dass mir die Tränen in die Augen traten. »Ich weiß nicht«, sagte ich.

»Also hören Sie, wenn Sie es nicht wissen … Sie brauchen ihm doch nur eine zu schreiben. Ganz einfach!«
»So einfach ist das nicht«, wehrte ich mich. »Sie sind ja auch nicht mehr bloß die, die ich geschrieben habe. Sie sind Sie selbst geworden …«
Sie unterbrach mich. »Das will ich meinen.«
»Eben«, bestätigte ich. »Sie können mir widersprechen, Sie gehen Ihre eigenen Wege. Sobald ein Buch fertig ist, hat meinereine keine Möglichkeit mehr einzugreifen.«

Sie schüttelte den Kopf, sie glaubte mir einfach nicht.
»Das ist so ähnlich wie mit Kindern«, sagte ich. »Wenn die erst einmal auf der Welt sind, hilft es auch nicht zu sagen, ich hätte doch lieber ein anderes gehabt. Man kann nur mehr für sie sorgen und sie lieb haben und achten, dann können sie lernen, andere lieb zu haben und zu achten.« Ich verstummte. Ich merkte, dass ich nicht gut erklären konnte, was ich meinte.
»Kinder können Sie auch nicht drei- oder viermal umschreiben.«
»Stimmt.« Plötzlich hatte ich einen Einfall. »Wissen Sie, dass die Kinder Sie sehr mögen, Sie und den Vamperl?«, fragte ich.
Sie wurde ein bisschen rot. Es stand ihr gut.
Ich holte die Mappe mit den Kinderbriefen heraus und drückte sie ihr in die Hand. Frau Lizzi fing an zu lesen. Sie las sich fest.
»Die Kinder schreiben viel schöner als Sie«, stellte sie fest. »Viel leserlicher.«

 »Ich weiß.«
Sie winkte mir ruhig zu sein. »Hör dir das an, Vamperl! Du hast ja gar nicht gewusst, wie viele Abenteuer du schon bestanden hast!« Sie las ihm einige Geschichten vor, die Kinder über ihn erfunden hatten. Manchmal lachte sie. »Schau, da verheiratet mich einer mit einem Otto, der dich nicht mag. Als ob ich so einen auch nur an-

schauen würde. Aber der Otto rettet uns dann
vor einem bösen Riesen.«
Sie las weiter. Manchmal schaute sie bekümmert drein. »Was Kinder alles erleben müssen! So viel Leid. Und dann glauben sie auch noch, sie wären schuld. Wie die Kleine da, die schreibt, sie braucht ein Vamperl für sich allein, dann ist sie ein Engelchen und alle haben sie lieb. Als ob man nur Engelchen lieb haben könnte.«
Vamperl nickte heftig. Frau Lizzi blätterte weiter. »Da, Vamperl – dieses Mädchen hat dir eine liebe Frau geschrieben. Wir werden uns an die Kinder halten müssen.« Sie trank ihren Kaffee aus, sammelte mit spitzen Fingern die Kuchenbrösel ein. »Vamperl, wir gehen.«
Er zupfte zum Abschied noch einmal an meinen Haaren.
»Eines möchte ich noch wissen«, sagte Frau Lizzi. »Warum haben Sie mich ausgerechnet 67 Jahre alt gemacht?«
Ich stotterte: »Weil … mich oft alte Frauen wie

 Sie getröstet haben, wenn ich als Kind unglücklich war … und weil … ich mir wünsche, dass ich auch einmal so werde wie Sie …«

Frau Lizzi unterbrach mich. »Papperlapapp. Das schaffen Sie nie! Nicht, dass ich etwa eingebildet wäre. Sie sind nur ganz anders, finden Sie sich damit ab.«

Plötzlich streckte sie mir die Hand entgegen und strahlte mich an. »Machen Sie kein so trauriges Gesicht. Ich bin ja froh, dass ich auf der Welt bin, es gefällt mir gar nicht schlecht hier, trotz allem. Ich hätte nur gedacht, eine Schriftstellerin müsste sich auch weiter um einen kümmern. Jetzt sehe ich, dass ich das selbst besser kann, weil ich viel praktischer bin als Sie. Nehmen Sie mir's nicht übel.« Sie tätschelte meine Hand.

Vamperl gab mir noch einen spitzen feuchten Kuss auf die Wange. Die Stelle fühlte sich lange warm an.

Ich wollte sie nach Hause fahren, doch Frau Lizzi lehnte ab. Nur bis zum Tor sollte ich sie begleiten, sie kenne sich mit diesen modernen Schließanlagen nicht aus.

Ich sah ihr nach, wie sie die Straße hinunterhumpelte. Als ich die Treppen hinaufging, fiel mir ein, dass ich vergessen hatte, nach ihrer Adresse zu fragen. Ich kannte das Haus, aber ich wusste nicht, in welcher Straße es liegt. Und es gibt viele solcher Häuser in Wien.

Dann saß ich lange da und starrte das leere Blatt in meiner Schreibmaschine an.

… und auf der Donauinsel

Erleichtert zog Frau Lizzi die Schuhe aus. Sie betrachtete zufrieden ihre Wohnung, in der jedes Ding an seinem Platz war.

»Es wäre wohl mal wieder an der Zeit, Staub zu wischen«, sagte sie.

Vamperl kämpfte mit ihr um das Tuch. Er zog und zerrte daran. Als Frau Lizzi einen Augenblick lang nicht aufpasste, entwischte Vamperl auf die Vorhangstange. Er schnatterte vergnügt und schwenkte das Staubtuch wie eine Fahne.

Es klopfte.

»Wer ist denn das?«, fragte Frau Lizzi. Vamperl zog den Kopf ein und machte sich klein. Er ließ das Staubtuch fallen. Frau Lizzi hob es auf und ging zur Tür.

Draußen stand Professor Obermeier mit einem bunten Blumenstrauß.

»Ich hoffe, ich störe nicht? Ich hätte mich telefo-

nisch angemeldet, aber ich konnte Ihre Nummer nicht finden.«

»Weil ich kein Telefon habe«, sagte Frau Lizzi. Sie nahm Professor Obermeier die Blumen ab und drückte ihm dafür das Staubtuch in die Hand. Dann kochte sie Kaffee.

Er stand herum und war im Weg und wusste nicht, wohin mit dem Staubtuch. Endlich fiel es Frau Lizzi auf und sie steckte es in einen Kochtopf.

Der Professor fragte nach Vamperl.

Frau Lizzi rief ihn, aber er kam nicht, hockte oben auf der Vorhangstange und wickelte sich in seine Flügel ein.

»Er ist noch immer böse auf mich«, sagte der Professor. »Und ich kann es ihm nicht verdenken.«

Nach einer halben Stunde verabschiedete er sich. Frau Lizzi lud ihn ein, am Sonntag wiederzukommen, sie würde dann auch einen Apfelstrudel backen. »Selbst ausgezogen?«, fragte er.

»Natürlich. So dünn, dass man durch den Teig Zeitung lesen kann.«

Der Professor strahlte.

Als er gegangen war, schimpfte Frau Lizzi: »Also Vamperl, du könntest ruhig ein bisschen freundlicher sein. Der arme Mensch ist sowie-

 so ganz schuldbewusst.« Vamperl flog hinunter und kraulte sie am Kinn, dann knabberte er eine der Blumen an, aber die schmeckte ihm nicht, er spuckte sie im hohen Bogen aus.

Frau Lizzi öffnete die Zeitung. »Vamperl, heute Nachmittag gibt's ein Kinderfest. Wollen wir hingehen? Ich sagte ja schon, wir müssen uns an die Kinder halten.«
Vamperl fiepte sein Einverständnis.
»Aber vorher ruhen wir uns aus.«
Sie legte die Beine hoch und versuchte zu lesen. Vamperl flog hin und her, flitzte aus dem Fenster, kam zurück, sauste wieder davon.

»Zum Schwindligwerden«, schimpfte Frau Lizzi. »Du bist wirklich in einem schwierigen Alter. Aber – wer nicht? Manchmal glaube ich, dass die Leute von einem schwierigen Alter ins nächste kommen. Lass mich jetzt wenigstens eine Viertelstunde in Frieden lesen.«
Vamperl hängte sich kopfunter an die Vorhangstange.
Nach einer Weile fand Frau Lizzi, dass es zu still in der Wohnung war, um in Frieden lesen zu können. Sie war direkt froh, als es zwei Uhr war und sie sich auf den Weg zur Donauinsel machen konnten.

Dort war ein Gedränge und Geschiebe. Vamperl fand viele Gelegenheiten, großen und kleinen Menschen Gift aus der Galle zu saugen. Nach kurzer Zeit lag er völlig erschöpft in Frau Lizzis Handtasche und streckte alle viere von sich.
Frau Lizzi schaute beim Sackhüpfen zu und beim Kasperltheater, beim Luftballontanz und

beim Eierrennen. Sie hatte Spaß daran, wie die Kinder sich gegenseitig bemalten. Sie fühlte sich wohl. Da sah sie drei große Jungen, die einen Kleinen hetzten. Sie öffnete ihre Handtasche.
»Schau, Vamperl!«, flüsterte sie. »Auf die paar Schluck kommt es jetzt auch nicht mehr an.« Er rührte sich nicht.
Die großen Buben bildeten einen Kreis, stießen den Kleinen in der Mitte hin und her, knufften und schlugen ihn, wo sie ihn erwischten.
»Hört auf!«, rief Frau Lizzi. »Drei gegen einen, das ist feig!« Die Großen lachten.

Frau Lizzi zupfte einen Mann am Ärmel. »Sehen Sie nicht, was da passiert? Tun Sie doch was! Bitte …«
Der Mann schüttelte Frau Lizzis Hand ab. »Da mische ich mich nicht ein, das sollen die untereinander ausmachen.«
Frau Lizzi schnappte nach Luft. Sie spürte eine Bewegung an ihrem Arm. Vamperl torkelte mehr, als er flog. Er streifte einen der Großen, der holte mit der Hand aus, um zuzuschlagen, aber da hing Vamperl schon an seiner Galle und saugte. Der Zweite trat näher, Vamperl stach noch einmal zu – und fiel zu Boden. Der kleine Bub bückte sich und hob ihn auf.
»Gib her!«, sagte der dritte Große.
»Lass ihn in Ruhe«, sagten die beiden anderen.
»Gib her!«, wiederholte der Dritte, dessen Galle noch voller Gift war.
Der kleine Bub heulte und schniefte, aber er schüttelte den Kopf.
»Nicht so fest drücken!«, rief Frau Lizzi. Der Klei-

 ne wandte sich ihr zu. Die beiden Großen hielten den Dritten fest, der sich noch wütend wehrte.

Frau Lizzi legte dem Kleinen die Hand auf die Schulter. »Danke! Aber jetzt gib ihn mir bitte. Du tust ihm weh.« Sie hatte furchtbare Angst, er könnte Vamperl zerdrücken.

Vamperl lag völlig verdreht da. Ein Flügel hing herunter. Blut tropfte aus der Nase des Buben.

Vorsichtig bettete Frau Lizzi Vamperl in ihre Hand. Sie legte zwei Fingerspitzen auf seine Brust. Sie spürte nichts.

»Er hat gezuckt!«, rief der Bub. »Mit einem Auge.«

Frau Lizzi hatte nichts bemerkt. Sie strich seinen Flügel zurecht.

Da rülpste Vamperl. Laut.

Frau Lizzi fing an zu lachen. Vamperl rülpste noch einmal, öffnete die Augen, stöhnte und zeigte auf seinen Bauch. Frau Lizzi massierte ihn mit einem Finger. Das schien zu helfen, nach kurzer Zeit gähnte er und verkroch sich in die Handtasche.

Frau Lizzi lud den Buben auf ein Eis ein. Er wollte Vamperls Geschichte hören und nickte bei jedem Satz, als hätte er es so und nicht anders erwartet. Vamperl schnarchte, dass Frau Lizzis Tasche wackelte.

Der Bub erzählte Frau Lizzi, die drei Großen hätten ihn heute zum ersten Mal erwischt. »Sonst

 brauche ich nie Hilfe, weil ich so schnell bin. Und stark.« Er ballte die Faust. »Wollen Sie fühlen?«
Frau Lizzi drückte seinen Oberarm. »Du bist wirklich ziemlich stark. Übrigens – wie heißt du?«
»Murat.« Er bekam einen verschlossenen Blick, löffelte den Rest von seinem Eis aus, stand auf, bedankte sich und war in der Menge verschwunden.
Schade, dachte Frau Lizzi. Der arme Kerl hat ja richtig Angst gekriegt. Warum wohl?
In der Nähe begann ein Lautsprecher zu krächzen. »In wenigen Minuten beginnt das große Luftballonsteigen! Vergesst nicht, Namen und Adresse auf die Karte zu schreiben und vielleicht einen Gruß dazu.«
Frau Lizzi erwischte die Kellnerin am Schürzenzipfel, zahlte und eilte zu der Frau mit den Luftballons.
»Dürfte ich auch einen haben? Ich bin zwar kein Kind …«
»Aber Sie waren einmal eines. Hier bitte!« Die

Frau war freundlich. Sie reichte Frau Lizzi eine Schnur, an der ein grüner Ballon im Wind tanzte. Frau Lizzi band die Schnur an ihr Handgelenk, setzte sich auf eine Bank und schrieb:

Sehr lieber Vampir
(Kein Blutsauger)
sucht ebensolche Frau!

 Auf die Rückseite schrieb sie ihre Adresse.

Die Kinder sammelten sich. Zu dumm, dachte Frau Lizzi, dass ich keine Tinte mithabe. Dann hätte ich einen Pfotenabdruck vom Vamperl druntersetzen können.

»Eins-zwei-drei-los!«, brüllten alle.

Hunderte Luftballons schwebten in den blauen Himmel. Wunderschön sah das aus. Einen Moment lang hielten sie sich nahe beieinander, dann trieben die ersten davon. Die Kinder wie die Großen reckten die Hälse und blickten ihnen nach. Manche winkten. Ein grüner Luftballon flog geradewegs nach Osten.

Ob das meiner ist?, dachte Frau Lizzi. Jetzt war er nur noch ein Punkt und gleich darauf nicht mehr zu sehen.

Vamperls Abschied

Am Sonntag fastete Vamperl und Frau Lizzi ruhte sich aus.
Am Montagmorgen platzte Hannes in ihre Wohnung. »37 Spinnennetze im Haus, 89 in der Scheune und 75 im Stall, die schenke ich Ihnen alle. Mein Vater hat einen jungen Hund, der ist fast ein Bernhardiner.«
Einen Bach hatten sie aufgestaut. Und ein Baumhaus gebaut. Und vier Rehe gesehen. »Aber der Mama kann ich nichts erzählen, sonst fängt sie wieder an zu heulen. Auf einer Burg waren wir auch.«
»Fein, dass du es so schön gehabt hast«, sagte Frau Lizzi.
»Schön? Überhaupt nicht schön! Er hat eine Freundin und die ist auch noch nett.«
Vamperl flog auf seine Schulter und kämmte ihm mit den Fingern die Haare.

»Lass mich in Ruhe!«, schrie Hannes ihn an.
Frau Lizzi fragte: »Seit wann sind deine Eltern geschieden?«
»Seit drei Jahren.«
»Deine Mama hat doch nichts davon, wenn dein Vater unglücklich ist.«
Hannes rannte aus der Wohnung und knallte die Tür zu.
Vamperl setzte sich auf Frau Lizzis Knie und stützte den Kopf in die Hände.
»Ja«, sagte sie, »es gibt halt Dinge, da hilft es nicht einmal, wenn man Gift aus der Galle saugen kann. Schlimm! Jetzt weißt du, wie es den meisten von uns geht. Man möchte gern helfen und kann so oft gar nichts tun.«
Hannes ließ sich den ganzen Tag lang nicht mehr blicken.
Am nächsten Morgen klingelte der Briefträger bei Frau Lizzi.
»Ich habe da einen Brief für Sie, leider ohne Marke, Sie müssen also Nachporto bezahlen.«

Sobald der Briefträger gegangen war, flitzte Vamperl heran. Er roch an dem Brief. Er leckte über die Schrift. Er war aufgeregt, wie ihn Frau Lizzi noch nie erlebt hatte.
Sie zog eine Haarnadel aus ihrem Knoten, öffnete den Umschlag und zog ein zerknülltes Blatt heraus. Darauf stand in Großbuchstaben:

ICH WARTE SCHON SO LANGE AUF DICH!
KOMM SCHNELL!

DEINE DICH EWIG LIEBENDE VAMPERLINA!

Vamperl küsste das Blatt, schmiegte seine Wange daran, streichelte es und gebärdete sich wie toll.
»Alles gut und schön«, sagte Frau Lizzi, »aber die Klügste ist sie nicht, deine Vamperlina. Sie hat vergessen ihre Adresse zu schreiben.«
Vamperl wurde böse. Er fletschte die Zähne. Er

rammte Frau Lizzis Stirn mit seinem kleinen harten Schädel. Er trug den Brief in sein Bett und legte sich darauf.
Was mach ich jetzt? überlegte Frau Lizzi. Meine Güte, er wird wirklich losziehen und sie suchen.
Zehn Minuten später kam Hannes. Frau Lizzi erzählte ihm von dem Brief.
»Wohin ist der Luftballon geflogen?«, fragte er.

»Nach Osten, so lange ich ihn sehen konnte.«
Hannes schlug vor, die Wetterstation anzurufen. Dort müsste man genau wissen, wie Wind und Luftströmungen an diesem Tag um diese Zeit gewesen waren.
Frau Lizzi nickte. Das Herz wurde ihr schwerer und schwerer.
Sie gingen zur Telefonzelle.
Der Mann am anderen Ende der Leitung war freundlich. Er tippte ihre Angaben in seinen Computer, dann sagte er etwas von Ost-Süd-Ost und Thermik und Luftströmungen.
»Ist Ihnen damit geholfen?«
»Ehrlich gesagt, nein«, antwortete Frau Lizzi nach kurzem Zögern. »Wir brauchen eigentlich eine Adresse. Wenn ich Ihnen die ganze Geschichte erzählen könnte …«
»Der glaubt bestimmt, wir spinnen«, flüsterte Hannes. »Er ist doch ein Wissenschaftler.«
Der Mann zögerte nur kurz. »Ich mache Ihnen einen Vorschlag. Um zwei Uhr habe ich Dienst-

 schluss, da können wir uns treffen und in aller Ruhe reden.«

»Siehst du, Hannes«, sagte Frau Lizzi auf dem Rückweg, »man muss den Menschen nur Gelegenheit geben, so nett zu sein, wie sie gern wären.«

Kurz vor zwei saßen Frau Lizzi und Hannes in einem kleinen Gartencafé und warteten.

Kurz nach zwei kam ein Mann mit einem lustigen runden Gesicht. Er steuerte auf Frau Lizzi zu und forderte sie auf zu erzählen. Er war ein aufmerksamer Zuhörer. Sogar Vamperl gab sein Herumgehüpfe auf, saß still da und spitzte die Ohren.

»Das Problem ist, dass wir hier eine Gleichung mit zu vielen Unbekannten haben«, sagte der Wetterkundler. »Das macht die Berechnung schwierig, wenn nicht sogar unmöglich. An Ihrer Stelle würde ich einen Versuch machen: Schicken Sie doch einfach an einem Tag mit vergleichbaren Bedingungen einen zweiten Ballon los und bitten um die Adresse.«

Vamperl pflanzte sich vor dem Mann auf, schüttelte den Kopf, dass man meinte, er würde abfallen, und zeigte auf seine Brust.

»Nein!«, rief Frau Lizzi. »Das kommt überhaupt nicht in Frage!«

»Was meint er denn?«, fragte der Wetterkundler.

 »Er will selbst mitfliegen! Das schlag dir aus dem Kopf.«
Der Wetterkundler bekam einen fernen Blick, zog einen Zettel heraus, rechnete, kaute an seinem Bleistift und sagte schließlich: »Man müsste einen kleinen Korb an den Ballon hängen und die Größe des Ballons dem Gewicht anpassen. Ich könnte mit einem Freund reden, der auf Fledermäuse spezialisiert ist. Vamperl bekäme einen Ring ans Bein, wir könnten sämtliche Beobachtungsstationen auf der Strecke verständigen, damit er Hilfe bekommt, wenn er sie braucht. Vielleicht lässt sich sogar ein winziger Sender einbauen.«
Es machte dem Mann jetzt offensichtlich richtig Spaß, sich mit dieser Frage zu beschäftigen.
Frau Lizzi begann an ihren Knöcheln zu kauen.
Vamperl wirbelte herum, tanzte, hüpfte, streichelte die roten Haare auf dem Handrücken des Wetterkundlers.
»Wenn das so weitergeht«, sagte Frau Lizzi,

»fliegst du überhaupt nirgendwohin, weil du vorher überschnappst.«

Die nächsten Tage waren schwer auszuhalten. Vamperl konnte nicht einen Moment ruhig bleiben, selbst im Schlaf zappelte er hin und her. Anfangs sagte Frau Lizzi noch: »Halt wenigstens zehn Sekunden lang still!« Doch bald gab sie auf.
Sie nähte einen winzigen Daunenschlafsack mit Kapuze, sie polsterte das Körbchen aus.

 Der Wetterkundler wollte für einen Ballon in der richtigen Größe sorgen und sofort Bescheid sagen, wenn die Wetterlage günstig war. Frau Lizzi bemühte sich, nicht zu oft an diesen Tag zu denken.

Einmal flocht Vamperl Hannes winzige Zöpfe ins Haar. Frau Lizzi konnte sie nicht auflösen und musste ganze Haarbüschel abschneiden.

»Vamperl«, sagte sie, »so lieb ich dich habe, ich werde fast froh sein, wenn du losfliegen kannst. Verrückt ist gut und schön, aber so verrückt … Du weißt ja nicht einmal, in wen du verliebt bist.«

Vamperl legte den Kopf schief und schmatzte ihr Küsse auf die Wangen. Er schleppte den Brief an und streichelte die Unterschrift.
»Tja«, sagte Frau Lizzi, »verliebt ist verliebt. Punktum.«
»Wenn man dabei so durchdreht, werde ich mich nie verlieben«, erklärte Hannes. »Ich bin ja nicht blöd.«

Am Mittwoch kam eine Karte, für die wieder Nachporto zu zahlen war und auf der wieder die Adresse fehlte.

WO BLEIBST DU?

stand darauf.
Kurz vor zwei Uhr stürmte der Wetterkundler herein, hinter ihm Hannes. »Alles bereit? Besser kann es gar nicht mehr werden. Mein Auto steht unten.«
Frau Lizzi nahm den Korb, Vamperl flog auf ihre Schulter. Zum ersten Mal, seit der Brief gekom-

 men war, hielt er ganz still. Während der Fahrt kuschelte er sich in Frau Lizzis Halsgrube. Sie starrte geradeaus.
Hannes zwinkerte und schnäuzte sich immer wieder.
Der Wetterkundler trommelte vor jeder roten Ampel auf das Lenkrad. »Los, los«, drängte er, als sie am Ziel waren.
Vamperl stieg in den Korb, sprang noch einmal heraus, um Frau Lizzi einen allerletzten Kuss zu geben und Hannes einen Nasenstüber.
Frau Lizzi hielt die Ballonschnur.
»Soll nicht ich …?«, fragte der Wetterkundler, aber sie schüttelte den Kopf. Das musste sie selbst tun, fand sie.
»Eins – zwei – drei – los!«
Der Ballon schwebte in die Höhe.
»Grüß die Vamperlina!«, rief Frau Lizzi.
Sie musste heftig blinzeln, um den Ballon zu sehen. Er trieb nach Osten.
»Gute Reise, Vamperl!«, brüllte Hannes.

»Gute Fahrt!«, schrie der Wetterkundler. »Ich halt dir die Daumen!«
Das tat er schon beim Nachhausefahren, sooft er nicht beide Hände am Lenkrad brauchte.
»Wenn Sie etwas hören, lassen Sie es mich wis-

 sen – und umgekehrt«, sagte er beim Abschied. Er wehrte jeden Dank ab. Dafür sei es viel zu früh.
»Das wär's dann«, sagte Frau Lizzi zu Hannes. »Und es besteht überhaupt kein Grund, Trübsal zu blasen. Spielen wir lieber Mikado.«
Aber ihre Hände zitterten bei den einfachsten Würfen und Hannes ging es nicht viel besser. Frau Lizzi strich ihm über den Kopf und er wehrte sich nicht.
Beide vermieden es, auf die Vorhangstange zu schauen.
»Dem Professor muss ich auch Bescheid sagen«, murmelte Frau Lizzi.
Am Montagmorgen klopfte der Briefträger. »Da ist schon wieder Nachporto zu zahlen, Frau Lizzi! Sie sollten diesem Menschen einmal gründlich die Meinung sagen, so ein Unfug, Sie müssen ja das Doppelte zahlen.«
»Und wie gern!«, jubelte sie. Sie gab dem Briefträger ein so hohes Trinkgeld, dass er sich ernstliche Sorgen um sie machte.

Dann lasen Hannes und Frau Lizzi, Kopf an Kopf gelehnt:

WIR SIND JA SO GLÜCKLICH!
VIELEN DANK
UND VIELE KÜSSE!

»Aber die Adresse haben sie wieder vergessen«, brummte Frau Lizzi.

Wiedersehen mit Vamperl

Frau Lizzi fasst einen Entschluss

Frau Lizzi erwischte sich immer öfter dabei, dass sie vor sich hin seufzte. Dann schimpfte sie: »Lizzi, du bist ein blödes altes Stück. Du weißt genau, wie ich Selbstmitleid hasse! Reiß dich zusammen, geh spazieren, tu irgendetwas, ganz gleich was, aber jammere nicht herum.«
Es half nur nicht.
Kein Vamperl auf der Vorhangstange, kein Vamperl, der an ihren Haaren zupfte, kein Vamperl, der aus dem Nähkorb fiepte. Wenn sie die Augen schloss, sah sie Vamperl aus seinem Korb winken, bis der Ballon im blauen Himmel verschwand.
Ihre Knie schmerzten wie vor der Kur. Sie stöhnte, wenn sie sich vorbeugte, um die Strümpfe anzuziehen. Nicht einmal der Kaffee schmeckte ihr. Jeden Vormittag gegen zehn Uhr wurde sie unruhig und lauschte angespannt.

 Sie kannte den Schritt des Briefträgers, das Klirren seines Schlüsselbundes, wenn er die Postkästen aufsperrte. Sie kannte den dumpfen Knall, mit dem das Haustor hinter ihm zufiel. Dann ging Frau Lizzi hinunter, obwohl sie genau wusste, dass wieder nichts von Vamperl gekommen war. Sonst wäre der Briefträger bestimmt heraufgekommen, schon deshalb, weil Vamperl natürlich wieder die Briefmarke vergessen hatte.

Frau Lizzi nahm die zwei oder drei Werbesendungen aus ihrem Postkasten, pfefferte sie in die Altpapiertonne und knallte den Deckel zu.
Das Stiegensteigen fiel ihr schwer.

Hannes war jetzt Mittelstürmer in der Jugendmannschaft. Er kam zwar fast jeden Tag vorbei, aber meist blieb er gerade einmal fünf Minuten.
»Früher hast du es doch auch allein ausgehalten«, sagte Frau Lizzi zu sich selbst.
Aber früher war früher und jetzt war jetzt.
Manchmal war Frau Lizzi richtig sauer.
»Mistkerl«, schimpfte sie zur leeren Gardinenstange hinauf. »Wenigstens schreiben könntest du. Ich will ja nur wissen, ob es dir gut geht.«

Am ersten Donnerstag im Mai kam Hannes hereingestürzt und drückte Frau Lizzi ein knallbuntes Heft in die Hand. »Seite 13!«, keuchte er. »Das wär doch was für Sie. Ich muss zum Training.«

 Die Tür fiel hinter ihm ins Schloss.
»Was soll ich mit einem Reiseprospekt?«, brummte Frau Lizzi. »Mich zieht's nicht nach Spanien und nicht auf die Malediven, in Afrika ist es mir zu heiß und in Feuerland zu kalt.«
Aber weil sie das Ding nun schon einmal in der Hand hatte, blätterte sie lustlos darin. Auf Seite 13 stutzte sie.
»Dracula-Tour«, stand da.

»Erleben Sie Transsilvanien,
besuchen Sie Draculas Schloss,
tanzen Sie in der Nacht der Vampire!«

Frau Lizzi pflanzte ihre Beine fest auf den Boden, gab sich einen Ruck und stand auf. Sie zog die bequemen Schuhe an, setzte ihren Strohhut auf, holte das Sparbuch aus der Schublade und machte sich auf den Weg.
Der junge Mann im Reisebüro bat sie, Platz zu nehmen. Vorsichtig ließ sie sich auf einen der

schwarzen Stühle mit den metallenen Spinnenbeinen nieder und wunderte sich, dass sie nicht umkippte, sondern fast bequem saß.

»Ich möchte die Dracula-Tour buchen«, erklärte sie.

Der junge Mann wiegte den Kopf hin und her. Er verwies auf die Strapazen dieser Reise. »Wir hätten da ein hervorragendes Sonderangebot für Senioren auf Mallorca, das würde ich Ihnen ganz besonders empfehlen.«

Frau Lizzi wischte den Prospekt vom Tisch, direkt in den Schoß des jungen Mannes.
»Oh, verzeihen Sie«, entschuldigte sie sich. »Aber ich fahre nach Transsilvanien, in die Heimat der Vampire.«
»Selbstverständlich, wie Sie wünschen. Ich darf Sie nur darauf hinweisen, dass Sie das Risiko tragen, und würde Ihnen unsere spezielle Reiseversicherung mit Rückholgarantie empfehlen.« Er hüstelte.
»Tot oder lebendig?«, fragte Frau Lizzi freundlich.
Er senkte die Augen, setzte eine kummervolle Miene auf und sagte: »Ja. Im Falle eines Falles.«
Frau Lizzi unterschrieb sämtliche Papiere, ließ sich schriftlich bestätigen, dass sie Anspruch auf den Sitzplatz in der ersten Reihe des Autobusses hatte, und verließ hoch erhobenen Hauptes das Reisebüro. Der junge Schnösel hielt sie wohl für zu alt für so eine Reise.

Hannes war begeistert, als sie ihm wortlos den Durchschlag ihrer Buchung reichte. »Am liebsten würde ich mitfahren«, sagte er. »Sie schicken mir aber bestimmt eine Ansichtskarte?«

Frau Lizzi versprach es. Sie bat Hannes, ihr den Koffer vom Schrank zu heben.

»Sie fahren doch erst in drei Wochen«, meinte er. »Wird Ihnen der Koffer nicht im Weg sein?«

»Das schon«, gab sie zu. »Aber ich kann so besser planen. Man soll nichts überstürzen, weißt du, und sooft ich über den Koffer stolpere, werde ich mich auf die Reise freuen.«

An diesem Abend begann sie mit Turnübungen, eine Woche später schaffte sie schon neun Kniebeugen, bei den Rumpfbeugen erreichte sie beinahe ihre Zehen und sie konnte auf einem Bein stehend das andere kreisen lassen ohne gleich ins Wackeln zu kommen. Sie war sehr mit sich zufrieden. Der Koffer war dreimal gepackt und wieder umgepackt.

Doch plötzlich bekam sie es mit der Angst zu tun.

Vielleicht hatte der junge Mann doch recht und sie hatte sich auf etwas allzu Verrücktes eingelassen?
Ein bisschen verrückt ist gut, dachte sie, aber zu verrückt …
An diesem Nachmittag klopfte es an der Wohnungstür. Hinter einem großen Strauß Margeriten und Glockenblumen strubbelten rote Haare in die Höhe.

»Ich wollte mich wieder einmal erkundigen, ob es etwas Neues gibt. Erinnern Sie sich noch an mich?«, fragte der Mann hinter dem Blumenstrauß hervor.
»Natürlich erinnere ich mich«, sagte Frau Lizzi. »Was glauben Sie denn? Sie sind der Wetterkundler, der Vamperls Ballonflug berechnet hat.«
Er nickte. »Manchmal habe ich mich gefragt, ob Sie nicht sehr böse auf mich sind. Ohne meine Einmischung wäre Vamperl vielleicht bei Ihnen geblieben. Ich bin schuld, dass er weg ist.«
Frau Lizzi schüttelte den Kopf, dann nickte sie. »Manchmal war ich richtig zornig auf Sie, das stimmt. Aber wenn Sie ihm nicht geholfen hätten, wäre er trotzdem losgezogen, um seine Vamperlina zu suchen. Ich hätte ihn ja doch nicht halten können. Kommen Sie herein, setzen Sie sich! Ich mach uns gleich einen guten Kaffee.«
Er stolperte über die Türschwelle und gleich darauf über den Koffer, der mitten im Raum stand.

Als sie beide am Küchentisch saßen, erzählte Frau Lizzi ihm von ihrem Vorhaben.
Der Wetterkundler sprang auf und schüttelte ihr beide Hände, wobei er eine Kaffeetasse umwarf. Kaffee floss über das Tischtuch, tropfte auf den Boden. Frau Lizzi fing an zu lachen, bis sie Schluckauf bekam.
Als der ärgste Schaden beseitigt war und frischer Kaffee in den Tassen dampfte, unterhielten sie sich über Frau Lizzis Reiseplan.
Der Wetterkundler war Feuer und Flamme für die Idee. Er meinte, in Transsilvanien bestünden die besten Chancen, Vamperl zu finden.
Als er sich verabschiedete, war Frau Lizzi wieder ganz und gar überzeugt, das Richtige zu tun.
Sie versprach ihm eine Postkarte, er versprach, sie gleich nach ihrer Rückkehr zu besuchen.
In der letzten Woche vor ihrer Abreise hatte Frau Lizzi das Gefühl, dass die Zeit überhaupt nicht verging. Jeder Tag hatte mindestens 100 Stunden und jede Stunde mindestens 100 Minuten

zu 100 Sekunden. Jede Nacht stand sie unzählige Male auf, um im Koffer nachzusehen, ob sie auch wirklich alles eingepackt hatte. Dazwischen träumte sie wirres Zeug.
Am letzten Abend kam Hannes und brachte ihr ein Säckchen. Das müsse sie unbedingt mitnehmen, für alle Fälle. »Weil man ja nie wissen kann.«
»Was ist denn drin?«, fragte Frau Lizzi.
Er druckste herum. »Es ist ja nicht, dass ich direkt daran glaube, ich meine, es heißt nur, und damit man dann nicht sagt, hätt ich doch, weil schließlich … also es wäre ja wirklich schade um Sie, oder?«
Frau Lizzi war durchaus der Meinung, dass es schade um sie wäre.
»Angeblich soll es gut zum Schutz sein, verstehen Sie?«, sagte Hannes.
Jetzt war Frau Lizzi natürlich noch neugieriger geworden. Endlich gelang es ihr, aus Hannes herauszukitzeln, was in dem Säckchen war: eine

 Knoblauchzwiebel, ein rostiger Nagel, garantiert vom Friedhof, für den Hannes mit fünf Nachmittagen Unkrautzupfen in einer Gärtnerei bezahlt hatte, die dem Vater seines Freundes gehörte, und ein Medaillon aus glänzendem Aluminium.
»Silber wäre besser«, sagte Hannes, »aber es ist aus Mariazell und echt geweiht.«
Frau Lizzi war gerührt. Am liebsten hätte sie Hannes umarmt und ihm einen Kuss gegeben. Stattdessen strubbelte sie seine Haare und schenkte ihm drei Tafeln Schokolade.

Reisegefährten

Hannes bestand darauf, Frau Lizzi zum Autobus zu begleiten. Kurz vor halb fünf Uhr klopfte er an ihre Wohnungstür.

»Meine Güte, Bub, das wär aber wirklich nicht nötig gewesen«, brummelte sie.

In Wirklichkeit war sie erleichtert. Sie hatte eine Tasche mit Proviant für die Reise, einer warmen Jacke, Verbandszeug, Medikamenten für den Notfall, einem Notizbuch, drei Kugelschrei-

bern, weil man nie wissen konnte, ob nicht einer im entscheidenden Moment versagte, und dazu noch ihren schweren Koffer.
»Wasser, Gashahn, Fenster«, murmelte sie, prüfte zum dritten Mal, ob auch alles richtig abgedreht und abgeschlossen war, dann machten sie sich auf den Weg.
Vor dem Haustor blieb sie stehen und fummelte in ihrer Tasche herum. Ihr Pass steckte im Seitenfach, die Geldbörse daneben.
An jeder Straßenecke musste Hannes den Koffer kurz abstellen.
Vor dem Reisebüro warteten schon einige Leute. Der Bus fuhr gerade vor. Der Fahrer begann gleich, die Koffer einzuladen.
Frau Lizzi bedankte sich bei Hannes. »Und jetzt lauf heim, da kriegst du noch ein Maul voll Schlaf, bevor du in die Schule musst.«
Doch Hannes wollte lieber warten.
»Du hast deine Oma wohl sehr gern«, sagte eine Dame zu ihm.

»Sie ist nicht meine Oma, sie ist meine Freundin«, erklärte Hannes.

Als sie längst unterwegs war und die erste Grenze schon hinter ihr lag, hörte Frau Lizzi diesen Satz immer noch. Wie ein warmer Ball war er, der in ihrem Bauch auf und ab hüpfte. Ich muss ihm was Schönes mitbringen, dachte sie, etwas wirklich Schönes. Immer hab ich gedacht, wie traurig es ist, dass ich keine Kinder und daher auch keine Enkelkinder habe. Aber seine Freundin, das ist doch auch was, oder? Viel ist das!

 Frau Lizzi streckte die Beine. Ihr Sitz ganz vorne im Bus war sehr bequem, auf Knopfdruck konnte sie die Lehne verstellen, es gab auch einen Schemel für die Füße. Der Nachteil war nur, dass sie die Mitreisenden nicht sehen konnte, ohne sich umzudrehen und sie direkt anzustarren.
Draußen zog die Landschaft vorbei, Wiesen voller Löwenzahn, Felder, große alte Bäume, immer wieder tauchte ein Kirchturm auf, um den sich Häuser scharten. Frau Lizzi döste ein.
Sie wachte mit einem Ruck auf, als der Bus stehen blieb. Im Traum hatte sie Vamperl gesehen, er hatte sogar mit ihr gesprochen, obwohl er in Wirklichkeit nur fiepen konnte, sie wusste bloß nicht mehr, was er gesagt hatte. Immerhin war es doch gewiss ein gutes Zeichen, dass sie von ihm geträumt hatte.
Die Leute drängten sich aus dem Bus.
»Na, Oma, wollen Sie nicht auch aussteigen?«, fragte ein junger Mann mit dünnem Bärtchen. »Für kleine Mädchen gehen?«

Blöder Kerl, dachte sie. Wenn ich einen Enkel hätte, der wär anders. Ganz gewiss anders. Der da sieht aus, als hätte ihn eine Katze zurechtgeleckt.
»Sie müssen sich schon entscheiden«, sagte sie. »Entweder Oma oder kleines Mädchen.«
Der junge Mann lachte meckernd und lange.
»So gut war der Witz auch wieder nicht«, brummte Frau Lizzi, schob sich an ihm vorbei und sagte über die Schulter zurück: »Im Übrigen bin ich die Frau Lizzi.«
Das Lachen riss ab.
An einem der langen Tische in der Raststätte fand Frau Lizzi einen freien Platz. Jetzt konnte sie sich die Gesellschaft in aller Ruhe ansehen. Der Reiseleiter stellte die Leute vor.
Da war das Ehepaar Schmied, beide um die fünfzig. Frau Schmied hatte eine wilde rote Mähne, bestimmt gefärbt, und viele goldene Armreifen, die bei jeder Bewegung klirrten. Um den Hals trug sie sieben verschiedene Steine an schwar-

zen Lederbändern und einen bunten Seidenschal. Ihre dunklen Augen funkelten.
So farbig sie war, so grau war ihr Mann – graue Haare, graue Augen, grauer Anzug. Aber als er Frau Lizzi die Hand reichte, stellte sie fest, dass er einen warmen Händedruck und ein ebenso warmes Lächeln hatte.
Frau Pfeiffer war eine sehr große, sehr elegante, sehr magere Frau, bestimmt schon siebzig, ihre Tochter Leonora war semmelblond und rundlich mit kleinen, unwahrscheinlich regelmäßigen, glänzend weißen Zähnen.
Herr Stanzer bezeichnete sich selbst als Privatgelehrten. Er trug eine große Hornbrille, graue Haarsträhnen, die ihm über den Hemdkragen hingen, und eine schwarze lange Jacke, die eigentlich schon ein Gehrock war. Sein Begleiter war ein junger, ernsthafter Mensch, der als Eusebius vorgestellt wurde. Wahrscheinlich hieß er gar nicht so, aber der Name passte zu ihm. Wenn ihn jemand ansprach, ruderten seine gro-

 ßen schönen Hände, als wollte er etwas aus der Luft fangen. Er schrieb jedes Wort von Herrn Stanzer mit. Der sprach so langsam, dass Frau Lizzi dachte, man könnte nicht nur mitschreiben, sondern sogar mitsticken, was er sagte.

Dennis und Denise waren nicht nur durch ihre Vornamen zum Pärchen bestimmt, sie sahen auch fast aus wie Zwillinge, beide so strubbelig, dass man sie gern gekrault hätte, beide lachten viel. Im Moment hielten sie einander an den

Händen, Dennis hatte seinen Gugelhupf in der Linken, Denise ihren in der Rechten. Sie bissen immer gleichzeitig ab.

Die Dame neben ihnen stellte sich als Hexe Lucinda vor. Frau Lizzi hätte gern gewusst, welcher Name in ihrem Pass stand, höchstwahrscheinlich Lieschen Müller, dachte sie und kicherte in sich hinein.

Der junge Mann mit dem Bärtchen hatte am Nebentisch Platz genommen, er redete sehr

laut und erzählte einen Witz nach dem anderen. Sein rotgesichtiger Nachbar schlug sich auf die Schenkel beim Lachen, eine Frau mit hochgetürmten Haaren glubschte ihn aus runden braunen Augen an.

Frau Lizzi fand, dass sie sich mit ihren Mitreisenden jedenfalls nicht langweilen würde. Es machte ihr Spaß, sie zu beobachten.

Nach der Kaffeepause stiegen alle wieder in den Bus. Frau Lizzi war noch nie so weit weg von daheim gewesen. Es wunderte sie ein bisschen, dass es auch hier Kühe auf den Wiesen gab und Häuser, die aussahen wie in den Dörfern rund um Wien.

Was hast du denn erwartet?, fragte sie sich. Dass sie auf den Dächern stehen? Da wären doch die Schornsteine im Weg und wackelig wär die ganze Angelegenheit. Sie grinste.

Der Busfahrer schaute gerade in den Rückspiegel und hob fragend eine Augenbraue. Sie wiegte den Kopf hin und her und lächelte ihm zu, er lächelte zurück. Der war gar nicht so finster, wie sie im ersten Moment geglaubt hatte. Der war sogar ausgesprochen nett. Wenn sie auf dieser Reise einmal Hilfe brauchen sollte, wäre er wahrscheinlich der Erste, an den sie sich wenden würde. Ganz bestimmt nicht dieser geschniegelte Reiseleiter.

Eine unruhige Nacht

Am frühen Abend blieb der Bus vor einem kleinen Hotel mitten im Wald stehen. Nach dem Essen brachte der Kellner Getränke und stellte auf jeden Tisch eine Kerze. Dann löschte der Reiseleiter die Lampen.

»Verehrte Freunde«, begann er und ließ seine Stimme dunkel und geheimnisvoll klingen. »Ich möchte Sie nun bitten, uns über Ihre eigenen Erfahrungen mit Vampiren, Geistern, Kobolden, UFOs oder Gespenstern zu berichten, mit einem Wort über alles, was Sie erlebt haben, das sich die Naturwissenschaft nicht erklären kann.«

Die Stühle knarrten laut, die Gläser wurden mit Nachdruck auf die Tische gestellt.

Dann erhob sich Frau Schmied. Sie stand nicht einfach auf, sie erhob sich, ließ den bunten Schal um ihre Schultern flattern, ließ ihre Hände tanzen, schüttelte ihre langen Haare, schloss die

 Augen, riss sie dann weit auf, blickte von einem Ende des Saales zum anderen und begann zu erzählen, wie sie in einer lauen Juninacht von Außerirdischen entführt worden war.
»Der Anführer war ein wunderschöner junger Mann mit silbernem Haar und strahlend grünen Augen, Augen wie ein Bergsee, Augen wie die herrlichsten Smaragde, hineinspringen wollte ich in diese Augen und darin ertrinken ...«
Herrn Schmieds Kopf fiel herab. Er schnarchte.
Frau Schmied beugte sich vor, flüsterte so deutlich, dass man es noch im letzten Winkel hören konnte: »Er nimmt sich das alles so zu Herzen, er versteht einfach nicht, dass dies eine Begegnung völlig anderer Art war. Eifersucht ist hier fehl am Platz. Es ist, als wollte man auf die Sonne eifersüchtig sein, weil auch sie die Geliebte küsst.«
Aus dem Mund ihres Gatten explodierte ein neuer Schnarcher.
Frau Lizzi hielt mit Mühe das Lachen zurück, das in ihr gurgelte.

Überrascht sah sie, wie gebannt die Damen Pfeiffer zuhörten. Die Mutter lauschte mit offenem Mund, die Tochter rang die Hände.

Anschließend hielt der Privatgelehrte Stanzer einen Vortrag, in dem so viele Fremdwörter vorkamen, dass Frau Lizzi es aufgab, ihm zu folgen. Lucinda rückte immer näher zu seinem Tisch, Eusebius schrieb eifrig mit, Dennis und Denise nickten zu jedem Satz. Einige Zuhörer wurden unruhig und begannen zu tuscheln.

Frau Lizzi dachte an Vamperl. Würde sie ihn je wiedersehen? Sie überlegte, ob sie diesen Leuten von ihm erzählen sollte. Ob sie ihr bei der Suche helfen würden? Vier Augen sehen mehr als zwei, so hieß es doch, und vierzig Augen mussten sehr viel mehr sehen als zwei, die noch dazu ziemlich alt waren.

Nein, entschied sie schließlich. Es war besser, ihre Geschichte für sich zu behalten. Die würden ihr wahrscheinlich gar nicht glauben, die glaubten, was sie glauben wollten, und dazu passte

 kein freundlicher Vampir, der bösen Menschen das Gift aus der Galle saugte und mit einem Ballon in die weite Welt geflogen war, um seine Vamperlina zu suchen.

Als der Reiseleiter mit seinen dünnen Fingern auf sie zeigte und sie um einen Beitrag bat, stand sie gehorsam auf. Sie räusperte sich, dann sang sie das Vampirlied. Sie hatte es nie mehr gesungen, seit sie Vamperl im Spinnennetz gefunden hatte, weil sie dachte, es könnte ihn vielleicht kränken. Ihre Stimme zitterte bei den ersten Zeilen, dann sang sie frei:

In düstrer Waldesschlucht und alten Mauern,
wo Füchse schleichen und der Uhu krächzt,
da überkommt dich, Freund, ein kaltes Schauern,
weil der Vampir nach deinem Blute lechzt.

Die schöne Adelheid von siebzehn Jahren
ging einstens hin zum Walde ganz allein.
Es war ihr Liebster in die Welt gefahren,
sie wollt' ihm eine Abschiedsträne weih'n.

Da hört sie plötzlich eine Stimme sagen:
»Warum, o Mädchen, bist du so allein?
Ach, würde doch dein Herz für mich nur schlagen!
Du solltest eine Königin mir sein.

Ich würde dich in Samt und Seide kleiden,
mit Zuckerbrot und Wein dein Herz erfreu'n.
Und nie und nimmer würd' ich von dir scheiden,
wollt'st du mein Weib und meine Herrin sein!«

Die schöne Adelheid, sie lauscht dem Werben.
Ach, Adelheid, wie ist dein Mund so rot!
Noch eh die Sonne sinket, musst du sterben,
liegst bleich und still im Moose und bist tot.

Alle klatschten so laut, dass Frau Lizzi erschrak. Sie setzte sich verwirrt, wurde sofort umringt und gebeten, den Text aufzuschreiben.

»Sie müssen es uns vorsingen, bis wir alle es können!«
Frau Lizzi bedankte sich verlegen.
Sie war froh, als die Pendeluhr in der Wirtsstube nebenan zu schlagen begann und der Reiseleiter laut mitzählte: »Neun, zehn, elf, ZWÖLF – Geisterstunde. Zeit, schlafen zu gehen. Ihre Zimmerschlüssel haben Sie ja alle? Sperren Sie gut zu und schließen Sie die Fenster! Ich wünsche Ihnen allen eine recht gruselige Nacht!«
Frau Lizzi ging in ihr Zimmer. Auf ihrem Kopfkissen saß eine riesige schwarze Spinne mit ungeheuer haarigen Beinen.
»Spinne am Abend bringt Glück und Gaben«, sagte sie, öffnete das Fenster, nahm ein Taschentuch und schob die Spinne vorsichtig darauf. Da erst merkte sie, dass das Tier aus Plastik war.
Aus beiden Nebenzimmern tönten spitze Schreie, Türen gingen auf. »Eine Spinne! Eine Schwarze Witwe!«, kreischte Lucinda.

»Eine Schwarze Witwe!«, keuchte Eusebius.
Frau Lizzi entfernte die schrecklichen Gefahren aus beiden Zimmern in ihrem Taschentuch.
»Sie sind eine unglaublich tapfere Frau«, sagte Eusebius.
»Sie haben mir das Leben gerettet«, seufzte Lucinda.
Frau Lizzi wollte ihnen die Wahrheit sagen, entschied sich dann aber, dass es freundlicher war, sie nicht aufzuklären.

 »Gute Nacht allerseits.«
»Gute Nacht«, wünschten auch Lucinda und Eusebius. »Vom Gruseln haben wir für heute genug.«
Frau Lizzi legte sich ins Bett, zog die Decke so weit hinauf, wie es möglich war, ohne die Füße im Freien zu lassen, sandte Vamperl einen Gruß in alle vier Himmelsrichtungen und schlief tief und traumlos.

Verschwundene Perlen

Gleich nach dem Frühstück brach die Gesellschaft auf. Heute stand der Besuch einer Tropfsteinhöhle auf dem Programm. Frau Lizzi versuchte, sich keine falschen Hoffnungen zu machen.

Warum sollte mein Vamperl ausgerechnet hier gelandet sein?, fragte sie sich, stellte aber sofort die Gegenfrage: Warum eigentlich nicht?

Sie war so in Gedanken, dass sie beinahe ihre Reisetasche vergessen hätte und noch einmal zurücklaufen musste. Das Zimmermädchen putzte gerade das Waschbecken. Neben Handtüchern und Bettwäsche stand auf dem Wagen eine Schachtel voll mit Plastikspinnen.

»Betthupferl«, sagte Frau Lizzi.

»Betthuff«, wiederholte das Zimmermädchen und glaubte von nun an, Spinnen hießen auf Deutsch *Betthuff*.

 Neben der Straße eilte ein kleiner Bach über glitzernde Steine, eine Bachstelze wippte im Sprühregen auf einem Felsbrocken, Glockenblumen blühten an den Hängen.

Frau Lizzi musste immer wieder das Vampirlied singen, alle summten und brummten mit. Zwischen den Strophen hupte der Fahrer kurz-kurz-kurz-laaang.

Die Höhle war wunderbar, die seltsamsten Gebilde hingen von der Decke, wuchsen aus dem Boden.

»Sehen Sie nur, ein Hexenreigen«, rief Lucinda.

»Keineswegs«, sagte Herr Stanzer streng, »hier handelt es sich um eine Karawane. Beachten Sie das Kamel links oben.«

»Selber Kamel«, murmelte Dennis. »Das sind Liebespaare in einem Zaubergarten. Sieht doch ein Blinder!«

Frau Lizzis Blicke wanderten unruhig an den Wänden entlang. Da! Dahinten bewegte sich ein Schatten!

 Sie ging näher. Doch der Schatten war nur ihr eigener, vom Scheinwerfer an der gegenüberliegenden Wand auf den Fels geworfen. Enttäuscht folgte Frau Lizzi der Reisegruppe.

Plötzlich ging das Licht aus. Frau Pfeiffer schrie auf.

»Mama, was ist mit dir, Mama?«, fragte Leonora besorgt.

»*Er* hat mich berührt«, stammelte Frau Pfeiffer. »Mit seinen kalten Händen hat er meinen Hals umfasst.« Sie seufzte tief. Ein Schauer durchzitterte sie und ließ sie gegen Frau Lizzi schwanken.

Das Licht flammte wieder auf.

Alle umringten Frau Pfeiffer, die an ihren Hals griff.

»Hier – hier hat er mich angefasst.« Ein neuer Schrei: »Meine Perlen! Meine Perlen sind weg!«

»Nicht bewegen«, befahl der Reiseleiter. »Wahrscheinlich ist der Verschluss aufgegangen und die Kette liegt auf dem Boden. Vorsicht, sonst zertreten Sie sie noch.« Er ging in die Hocke und fühlte den Boden mit beiden Händen ab. »Nichts«, sagte er knapp, als er wieder hochkam.

Der Führer ging mit Dennis und Denise zurück zum Eingang, aber auch sie fanden keine Spur von den Perlen.
Frau Pfeiffer lehnte schwer atmend an der Wand, alle anderen tasteten den Boden ab.
»Vielleicht sind sie in Ihre Bluse gerutscht«, meinte Herr Schmied.
»Da würde ich sie doch spüren«, sagte Frau Pfeiffer. »Nein, es hat keinen Sinn. Die Perlen werde ich nie wiedersehen. *Er* hat sie geholt.«
»Wozu braucht ein Vampir Perlen?«, fragte Lucinda.

 Eusebius rief: »Ich hab sie!« Aber er hatte nur ein Kügelchen aus Kalk gefunden.
Es bildeten sich zwei Gruppen. Die eine war überzeugt, dass ein Vampir oder ein anderer Geist die Perlen geholt hatte. Die zweite war ebenso überzeugt, dass diese Idee völlig absurd war.
Frau Lizzi gehörte zur zweiten Gruppe. »Ach, Vamperl, wenn du wüsstest, was man dir und deinesgleichen hier andichtet«, seufzte sie, doch niemand hörte ihr zu.
Fest stand, dass die Perlen verschwunden waren und keine Spur davon gefunden werden konnte. Lucinda krallte sich mit beiden Händen an ihren vielen Ketten fest, Herr Schmied ließ seine Frau nicht mehr aus den Augen.
Die Tropfsteinhöhle erhielt nur mehr einen Bruchteil der Beachtung, die sie verdient hätte.
»Sie sind doch hoffentlich versichert«, sagte der Reiseleiter, als sie wieder in den Bus stiegen.
»Erinnerungen kann man nicht versichern«, wies ihn Frau Pfeiffer zurecht. »Diese Perlen sind un-

ersetzlich. Mein Mann hat sie mir zum 25. Hochzeitstag geschenkt.«
Sie setzte sich auf ihren Platz und nahm keinen Anteil an den erregten Gesprächen ringsum. Die Hände hatte sie im Schoß gefaltet. Neben ihr schluchzte Leonora in ein triefnasses Taschentuch.
»Wir sollten alle unsere Taschen ausräumen«, sagte Frau Lizzi.
»Wozu?«, fragte Frau Pfeiffer.
Frau Lizzi zählte bis zehn, bevor sie antwortete: »Um sicherzugehen, dass keiner von uns Ihre Perlen genommen hat. Sonst verdirbt das Misstrauen die ganze Stimmung.«
Sie fing an, ihre Siebensachen auf den Sitz zu legen.
Frau Pfeiffer winkte müde ab. »Das hat keinen Sinn. Ich habe die eisigen Hände gespürt, lebendige Menschenhände waren das nicht, glauben Sie mir.«
Lucinda nickte, Herr Stanzer setzte zu einem Vor-

 trag an. Es gäbe Hinweise, behauptete er, dass Geister sehr wohl an irdischen Gütern interessiert sein könnten. So sei zum Beispiel verbürgt, dass ein Gespenst in Lower Thistlewhite wertvolle Schmuckstücke an sich gebracht und im Kamin seines ehemaligen Hauses versteckt habe. Frau Lizzi hörte seinen weiteren Ausführungen nicht zu. Sie beobachtete die Mitreisenden. Nur Eusebius war ihrem Beispiel gefolgt und hatte den Inhalt seiner Taschen auf den Sitz gelegt. Alle anderen machten keine Anstalten, ihre Taschen auszuräumen. Eifrig nickten sie zu jedem

Satz, den Herr Stanzer sagte. Wenn das nicht verdächtig war!

Augen auf, Elisabeth, sagte sie zu sich selbst. Ihren vollen Namen verwendete sie nur in besonders ernsten Augenblicken. Du selbst hast ja nichts zu befürchten, weder deine Glasperlenkette noch das Medaillon aus echtem Aluminium werden einen Dieb in Versuchung führen.

Jedenfalls wusste sie jetzt mit Sicherheit, dass Vamperl nicht in dieser Höhle lebte. Sonst hätte er den Diebstahl verhindert.

Der Bus holperte aus einem Schlagloch ins nächste. Jetzt ärgerte sich Frau Lizzi, dass sie den ersten Sitz gewählt hatte, der als Beobachtungsposten denkbar ungeeignet war.

Eigentlich stand noch eine Grotte auf dem Programm, aber den meisten war für heute die Lust auf Höhlen gründlich vergangen. Frau Lizzi verstand das natürlich, konnte aber das unbehagliche Gefühl nicht loswerden, dass sie genau dort Vamperl gefunden hätte.

»Verzeihen Sie, bitte«, sagte sie zum Fahrer, »es ist mir sehr peinlich, aber bei alten Damen ist es manchmal wie bei kleinen Kindern. Könnten Sie kurz anhalten?«

Schon fuhr der Bus an den Straßenrand. Frau Lizzi stieg aus, wanderte in den Wald hinein. Als sie sicher war, dass ihr niemand folgte und dass man sie vom Bus aus nicht mehr hören konnte, sang sie das Lied, das sie für Vamperl gedichtet hatte:

Ja, so ein Vampir
ist kein böses Tier,
muss es nicht sein,
wenn er von klein
auf Liebe spürt.

Mein Vamperl trinkt nur Milch und mag kein Blut
und macht die bösen Leute alle wieder gut.
Wenn einer tobt und schreit, was er kann,
dann flitzt mein Vamperl lautlos heran,
saugt ihm ein bisschen Gift aus der Gall' –
erledigt der Fall!
Mein Vamperl trinkt nur Milch und mag kein Blut
und macht die bösen Leute alle wieder gut.

Sie war überzeugt, dass Vamperl sofort kommen würde, wenn er das Lied hörte. Aber es blieb still im Wald. Nur ein Specht hämmerte.
»So weit müssen Sie nicht weggehen«, empfing sie der Reiseleiter. »Kein Mensch schaut Ihnen etwas ab!«
»Junger Mann«, sagte Frau Schmied streng, »in Fragen des Anstands sind Sie gewiss keine Autorität. Die können Sie getrost uns überlassen.«
Sie zwinkerte Frau Lizzi zu. Der Reiseleiter schrumpfte in seinen Sitz.

 Bis zum nächsten Halt in einem Dorf mit freundlichen schiefen Häusern und einem Friedhof voll bunter Blumen rund um eine alte Kirche sprach er kein Wort.

»Hier bekommt man direkt Lust, sich ins Grab zu legen«, sagte Leonora, als sie zwischen weinenden Engeln und schmiedeeisernen Kreuzen standen.

Vögel zwitscherten, zwei Eichhörnchen jagten einander in einer riesigen Buche, Bienen schwärmten um die Stiefmütterchen, Levkojen und Rosen.

Frau Pfeiffer verzog den Mund. »Keine besonders taktvolle Bemerkung.«

Die Gruppe betrat die Kirche. Wieder hatte Frau Lizzi das Gefühl, dass Vamperl irgendwo in der Nähe war. Sie musste unbedingt auf den Dachboden kommen!

»Mein Vater war Zimmermann«, behauptete sie, »er hat mir immer die Dachstühle alter Kirchen gezeigt. Ich muss einfach da hinauf, ihm zu Ehren, das verstehen Sie doch?«

Ächzend kletterte sie die enge Wendeltreppe

 hinauf und dann über die Leiter zum Glockengestühl. Fünf Fledermäuse hingen kopfunter an den Balken, in ihre säuberlich gefalteten Flügel eingewickelt. Frau Lizzis Herz schlug schneller. Leise summte sie das Vamperllied.

Aber die Fledermäuse rührten sich nicht.

Die Sonne stand schon tief, als der Bus auf dem Parkplatz vor einer Burgruine stehen blieb. Der Reiseleiter hatte seine Munterkeit wiedergefunden.

»Kommen Sie auf Draculas Schloss!«, rief er. »Hier und nicht, wie gewisse ungebildete Leute wissen wollen, in Bran, hat Vlad Tepes, das Vorbild Draculas, gelebt.« Mit weit ausholenden

Gesten schilderte er die Grausamkeit des Bösewichtes, erzählte genüsslich, wie er seine Feinde ermordete und ihre Köpfe auf den Zinnen seiner Burg ausstellte.
Wie schade, dachte Frau Lizzi, dass man die Ohren nicht wie die Augen zumachen kann. Ich wollte, ich hätte Ohrenlider!
Sie stand am äußersten Rand der Gruppe und sah zwei Habichten zu, die vor den rot glühenden Wolken Kunstflüge übten.
Hier war Vamperl nicht, da war sie ganz sicher. Mit solchen Verwandten, wenn das alte Scheusal überhaupt ein Verwandter war, würde er nichts zu tun haben wollen.
Herr Stanzer stellte mit Eusebius' Hilfe komplizierte Berechnungen an und bestand darauf, in die Kellergewölbe hinabzusteigen. »Es ist unerlässlich für meine wissenschaftlichen Forschungen, gerade diese Gewölbe zu untersuchen. Absolut unerlässlich. Gerade hier verspreche ich mir, die *Emanationen* Draculas

 messen zu können, ich habe da ein eigenes Instrument entwickelt …«

»Wen will er messen?«, fragte Herr Schmied. »Eine Emma? Was für eine Emma?«

»Emanationen!«, sagte Lucinda ungeduldig. »Die Ausstrahlung seines Geistes – oder Ungeistes, die noch in diesen Mauern hängt, wo Dracula gewohnt hat.«

»Sie meint, es stinkt noch nach ihm«, flüsterte Denise Dennis zu.

Herr Stanzer wandte sich ab. »Also wir steigen dort hinunter!«

»Auf Ihre Verantwortung«, sagte der Reiseleiter. »Erstens besteht Einsturzgefahr, zweitens ist in der Dunkelheit mit allem zu rechnen und drittens …«

Herr Stanzer unterbrach ihn. »Natürlich auf meine Verantwortung. Ich denke nicht daran, meine Verantwortung irgendjemand anderem zu überlassen, ganz gewiss nicht Ihnen.« Er winkte Eusebius, der zwei starke Taschenlampen aus sei-

nem Rucksack holte, und sie marschierten ohne ein weiteres Wort über das Geröll zum Kellereingang.
Lucinda rannte ihnen nach, stolperte, fiel auf die Knie und blieb liegen.
Frau Lizzi war als Erste bei ihr, half ihr auf die Beine und stellte fest, dass sie sich nur das rechte Knie bös aufgeschürft hatte.
»Sie haben doch sicher Verbandszeug?«, rief sie dem Reiseleiter zu, der sich langsam in Bewegung setzte und den Erste-Hilfe-Koffer aus dem Bus holte.

 Während Frau Lizzi behutsam ein Steinchen aus Lucindas Haut pickte, tönte plötzlich Gepolter aus dem Keller wie von fallendem Geröll, gefolgt von völliger Stille.

»Herr Stanzer? Sind Sie in Ordnung?«, rief der Reiseleiter.

»Eusebius! Ist Ihnen etwas passiert?«, rief Lucinda.

Alle lauschten angespannt, aber es war kein Laut zu hören.

Herr Schmied straffte sich, trat einen Schritt vor. »Wir müssen Sie herausholen. Wer hilft mit?«

»Ach, Friedrich!«, klagte seine Frau. »Das ist viel zu gefährlich! Holen wir doch lieber die Feuerwehr oder die Polizei.«

»Du scheinst zu vergessen, meine Liebe, dass ich jahrelang bei der Bergrettung war«, sagte Herr Schmied. »Jede Minute zählt. Es gibt doch gewiss Schaufeln im Bus?«

Während der Reiseleiter im Kofferraum suchte, begann Herr Schmied vorsichtig, Felsbrocken

vom verschütteten Kellereingang zu heben.
Dennis und Denise arbeiteten auf der anderen Seite. Der Busfahrer kam mit dem Reiseleiter, beide trugen Schaufeln.

»Zuerst müssen wir die größeren Stücke entfernen. Die Gefahr ist sonst zu groß, dass es zu einem neuen Steinschlag kommt.«

Herr Schmied war nicht wiederzuerkennen. Er organisierte eine Menschenkette, die die Steine an eine sichere Stelle weiterreichte, er prüfte, wo der Fels fest war, er schleppte und schaufelte und hatte gleichzeitig ein Auge auf alle anderen. Der Schweiß rann unter dem Rand seiner

Brille herunter, er wischte ihn nur selten mit dem Hemdärmel ab.

Alle arbeiteten schweigend, nur Lucinda seufzte: »Ach, Eusebius!«

Sie machte Anstalten, aufzustehen und sich an der Bergung zu beteiligen.

Frau Lizzi drückte ihre Schulter. »Sie bleiben besser sitzen. Wir werden bestimmt mehr Verbandszeug brauchen. Sie können mir helfen, mein Nachthemd in Streifen zu reißen und aufzuwickeln. Wenn ich bloß wüsste, ob es hier irgendwo sauberes Wasser gibt.«

Lucinda erinnerte sich, einen Brunnen auf dem Parkplatz gesehen zu haben. Während Frau Lizzi hinlief und mit großer Mühe einen Eimer Wasser herausholte, riss Lucinda das Nachthemd in Streifen. Bei jedem Krachen des Stoffes zuckte sie zusammen.

Als Verbandszeug und Wasser bereitstanden, holte Frau Lizzi Limonade aus dem Bus für die Rettungsmannschaft. Alle tranken dankbar, nur Herr Schmied winkte unwillig ab.

Ein schmaler Durchschlupf war jetzt freigeräumt, zu eng für die meisten. Denise bot sich sofort an, hineinzusteigen und von drinnen Steine herauszureichen.

Der Abendstern stand schon am Himmel. Bald würde es ganz dunkel sein. Der Fahrer rannte zum Bus, fuhr ihn so weit wie möglich an den Rand des Parkplatzes und richtete die Scheinwerfer auf den Keller. Frau Lizzi konnte jetzt gar nichts mehr sehen, zwei dunkle Gestalten verdeckten den Eingang. Sie hielt das Warten nicht

mehr aus, ging hinauf und reihte sich in die Kette. Lucinda folgte ihr.

Plötzlich tönte ein Schrei aus dem Keller.

Dennis drängte sich an den anderen vorbei. »Das war Denise!« Er verschwand im Dunkeln, gleich darauf rief er: »Herr Schmied!«

Alle hielten den Atem an, allen schien ewig viel Zeit zu verstreichen, bis Dennis, Denise und Herr Schmied im Eingang erschienen. Sie trugen einen schlaffen Körper, legten ihn vorsichtig auf ein Rasenstück und verschwanden wieder im Keller.

Scheu standen alle im Kreis, nur Frau Lizzi rannte vor, kniete neben dem Körper hin, legte die Hand an den Hals, fühlte ein schwaches Pochen. »Eusebius«, sagte sie. »Er lebt. Schnell, Wasser!« Lucinda stolperte den Hang hinunter, gefolgt von Leonora.

Gemeinsam schleppten sie Eimer und Verbandszeug her, wuschen Eusebius, legten einen kalten Wickel auf seine Stirn.

Gerade als Eusebius die Augen aufschlug und

verwirrt um sich blickte, trugen Herr Schmied, Dennis und Denise Herrn Stanzer ins Freie. An der frischen Luft kam er bald zu sich, konnte sich sogar auf Herrn Schmied und den Fahrer gestützt zum Bus schleppen.

Frau Lizzi säuberte und verband die Platzwunde an seiner rechten Schläfe. »Das hätten Sie auch nicht gedacht, dass Sie heute mein Nachthemd tragen würden«, sagte sie.

Herr Stanzer blickte verständnislos. Eusebius begriff schneller und lachte mit den anderen. Als ihn Herr Schmied und der Fahrer in den Bus hoben, stöhnte er laut.

268 Der Portier des Hotels, in dem die Gruppe die Nacht verbringen wollte, staunte mit offenem Mund über die dreckigen, abgerissenen Leute, die da vor ihm mehr hingen als standen. Er las die Bestätigung der Reservierung dreimal von oben bis unten, auch das Kleingedruckte, bevor er ihnen kopfschüttelnd die Schlüssel aushändigte.

Eine wilde Nacht

Nach einem heißen Bad fühlte sich Frau Lizzi viel besser. Zu ihrer größten Überraschung hatte sie Hunger. Sie zog sich an und ging in den Speisesaal.

Dort fand sie alle in heller Aufregung. Frau Schmied vermisste ihr schweres Goldarmband. Herr Schmied versuchte sie zu beruhigen, das machte sie nur noch wütender.

»Suppe, gnädige Frau?«, fragte der Kellner.

Sie fuhr ihn an. »Wie können Sie jetzt an Suppe denken? Haben Sie gar kein Feingefühl?«
Der Kellner zog sich verwirrt zurück.
Der Reiseleiter bat Platz zu nehmen. »Nach all den Aufregungen sollten Sie einen Bissen essen, das beruhigt die Nerven«, erklärte er. »Dann wollen wir überlegen, was zu tun ist.«
Frau Schmied warf ihm einen giftigen Blick zu. Er lächelte zurück. Anscheinend prallten giftige Blicke von ihm ab. Vielleicht, dachte Frau Lizzi, werden Reiseleiter gegen giftige Blicke geimpft.
Er rollte Brotkügelchen, steckte sie in den Mund und machte den Eindruck eines durch und durch zufriedenen Mannes. Plötzlich sprang er auf, ging zum Kellner und bat ihn, ein Tablett für die beiden Verletzten zu richten.
»Ich trage es dann hinauf«, sagte Frau Lizzi, »da kann ich gleich sehen, ob sie sonst noch etwas brauchen.«
Schon auf dem Treppenabsatz hörte sie erregte

7

 Stimmen aus dem Zimmer des Privatgelehrten und seines Schülers.

»… es geht um die Wissenschaft, nur um die Wissenschaft«, sagte Herr Stanzer. »Mein ganzes Leben steht in ihrem Dienst. Ich habe mein Vermögen freudig für sie geopfert. Aber auch die, die kein Verständnis für sie haben, können etwas beitragen. Müssen sogar etwas beitragen. Das Wissen um die geheimen Zusammenhänge ist wichtig für alle, auch für die, die davor die Augen verschließen. Stell du dich mir nicht in den Weg!«

»Aber verehrter Meister!«, rief Eusebius. »Es gibt trotzdem Grenzen …«

Frau Lizzi hüstelte laut, dann klopfte sie an die Tür.

Sie hörte schnelle Schritte, eine Schranktür knarrte, dann erst rief Herr Stanzer etwas atemlos: »Herein!«

»Na, wie geht es Ihnen jetzt?«, fragte Frau Lizzi munter.

Beide erklärten, sie fühlten sich schon wesentlich besser.
»Mein Kopf ist noch etwas dumpf«, sagte Herr Stanzer, »und ich bin überzeugt, dass ich morgen am ganzen Körper blaue Flecke haben werde, aber es ist bestimmt nichts gebrochen, alles ist beweglich.«
Eusebius nickte. Er war sehr blass.
Frau Lizzi stellte das Tablett auf den Tisch. »Ich glaube trotzdem, dass wir einen Arzt aufsuchen sollten. Manchmal zeigen sich Schäden erst später.«
Frau Lizzi schüttelte Herrn Stanzers Kissen auf und schob es ihm wieder unter den Kopf.
Eusebius schnappte nach Luft, Herr Stanzer bedachte ihn mit einem seltsamen Blick, einer Mischung aus Angst, Tadel, Besserwisserei und noch einigen Zusätzen, die Frau Lizzi nicht gleich deuten konnte.
Sie beschränkte sich darauf, beiden einen guten Appetit und erfrischenden Schlaf zu wün-

 schen, legte jedem zwei Schmerztabletten aus ihrer großen Handtasche auf den Nachttisch und ging wieder hinunter.
Aus der Suppe starrten unfreundliche Fettaugen. Frau Lizzi winkte dem Kellner und bat ihn den Teller zu entfernen und ihr gleich den nächsten Gang zu bringen. Jetzt wird gegessen, sagte sie sich. Denken kannst du später.
Die Mitreisenden hatten offenbar nicht den Appetit verloren. Sie schaufelten riesige Mengen in sich hinein, sogar Frau Schmied vergaß ihre Diät und nahm eine zweite Portion gefüllte Tomaten. Füttern macht friedlich, stellte Frau Lizzi wieder einmal fest, und weil sie fand, dass sie heute sehr unfriedliche Gefühle hatte, häufte sie einen Berg Karamellcreme auf ihren Teller.
Erst im Bett erlaubte sie sich nachzudenken. Herrn Stanzers Verhalten war entschieden verdächtig. Aber sie konnte sich nicht vorstellen, wann er Gelegenheit gehabt hätte, das Armband an sich zu nehmen.

Und der Reiseleiter schien auch etwas zu verbergen. Außerdem war er ihr von Anfang an unsympathisch gewesen. Ihre Nase juckte, wenn sie an ihn dachte. Meist hatte ihre Nase recht, auch wenn sie natürlich wusste, dass eine juckende Nase allein nicht beweiskräftig war.
Ich werde ihnen eine Falle stellen, beschloss sie.

Der Privatgelehrte und sein Schüler kamen zum Frühstück in den Speisesaal. Sie bewegten sich vorsichtig, zum Niedersetzen brauchten sie sehr lange, aber sie bestanden darauf, dass das Pro-

gramm wie geplant weitergehen sollte. Und für diesen Abend war der große »Ball der Vampire« angesetzt!

Auf dem Weg zum Bus ging der Reiseleiter neben Herrn Stanzer.

Frau Lizzi beschloss, die Gelegenheit beim Schopf zu packen.

»Darf ich Sie einen Moment sprechen? Ich habe ein Problem.«

»Aber natürlich, liebe Frau – äh – Lizzi.«
Laut genug, um sicherzugehen, dass Herr Stanzer jedes Wort hören konnte, flüsterte Frau Lizzi: »Ich habe eine größere Geldsumme mitgenommen, ich weiß schon, das war unvorsichtig von mir, aber ich wollte sie nicht zu Hause lassen, weil in meiner Abwesenheit die Fenster gestrichen werden sollen und … Also jedenfalls, ich habe es in meiner Reisetasche und jetzt mache ich mir solche Sorgen … Ich meine, es ist immerhin eine Menge Geld, ich hatte gedacht, ich könnte hier vielleicht ein Häuschen kaufen …«
Hoffentlich hatte sie nicht zu dick aufgetragen. Aber der Reiseleiter bekam einen lauernden Blick, er hatte den Köder geschluckt.
»Machen Sie sich keine Sorgen, liebe Frau – äh – Lizzi … Ich werde aufpassen, und – im Vertrauen gesagt – ich glaube, wir werden sehr bald wissen, wer hier der Dieb ist.«
Er zwinkerte ihr höchst auffällig zu.
Jetzt konnte Frau Lizzi nur noch warten. Den

 ganzen Tag über war sie nervös, sie sah fast nichts von der schönen Landschaft, klammerte sich an ihrer Tasche fest, als wäre darin tatsächlich ein Vermögen, und musste vor lauter Aufregung den Fahrer öfter bitten anzuhalten, auch wenn sie sich in dieser Gegend nicht die geringste Hoffnung machte, Vamperl zu finden.

Als sie abends ihr Hotel erreichten, hatte Frau Lizzi das seltsame Gefühl, schon einmal hier gewesen zu sein. Es war unheimlich, bis ihr einfiel, dass es bis auf den letzten Turm und die letzte Zinne einer Burg in ihrem Märchenbuch glich. Wo ist das Buch nur geblieben?, überlegte sie. Dann aber sagte sie sich streng: Elisabeth, du hast jetzt andere Sorgen. Pass genau auf, was die Leute tun.

Vor lauter Beobachten kam sie auf dem kurzen Stück Weg vom Bus zum Hotel mehrmals ins Stolpern.

Das Abendessen verlief ohne Zwischenfälle. Die

Vanillecreme zum Dessert war mit einem Spinnennetz aus Schokolade überzogen, in dem eine dicke Fliege aus einer Rosine und zwei Mandelhälften hing. So grausig echt das aussah, so begeistert schleckten alle noch den letzten Rest von ihren Löffeln.

Der lang erwartete »Ball der Vampire« begann. Der Saal wurde verdunkelt, rote Lämpchen glühten in den Ecken und an den Wänden, schräge Musik setzte ein. Dennis und Denise waren die

Ersten, die sich auf die Tanzfläche wagten. Dann schob Frau Schmied ihren Ehemann aufs Parkett, Herr Stanzer forderte Frau Pfeiffer auf und Lucinda holte sich Eusebius. Leonora tanzte mit dem Busfahrer und der Reiseleiter mit einer jungen blonden Frau. Er wirbelte sie herum, dass ihre Haare flogen.

Der Ziehharmonikaspieler hatte einen prächtig gezwirbelten Schnurrbart und unglaublich flinke Finger. Frau Lizzi hatte genauso viel Spaß daran, sie auf und ab hüpfen zu sehen, wie an der Musik, die in ihren alten Gelenken eine fast vergessene Unruhe auslöste.

Als der Fahrer auf sie zukam und sie um einen Tanz bat, kam sie so schnell auf die Beine wie seit Jahren nicht.

Der Fahrer war ein guter Tänzer und Frau Lizzis Füße erinnerten sich an Schrittfolgen, die ihr Kopf längst vergessen hatte. Die Musik endete, ringsum klatschten alle Frau Lizzi und dem Fahrer zu. Sie wurde rot.

»Wie heißen Sie eigentlich?«, fragte sie.
Er machte eine kleine Verbeugung. »Mirko.«
Sie lächelte ihm zu. »Es hat mir Spaß gemacht, mit Ihnen zu tanzen.«
»Und mir erst mit Ihnen«, sagte er und Frau Lizzi beschloss, ihm zu glauben.
Er brachte sie an den Tisch zurück und holte zwei Gläser Wein. Der schmeckte köstlich, aber Frau Lizzi widerstand tapfer der Versuchung,

noch ein Glas zu trinken. Sie würde heute Nacht ihre ganze Aufmerksamkeit brauchen.
Die Gruppe bestand darauf, dass sie noch einmal das Vampirlied sang. Der Ziehharmonikaspieler begleitete sie, schlang Melodiekringel um das einfache Lied. Ihre Stimme wuchs dabei. Als sie geendet hatte und alle klatschten, war ihr fast ein wenig schwindlig.
Lang nach Mitternacht ging das Fest zu Ende. Beim Treppensteigen merkte Frau Lizzi, wie müde sie war.
Es war schwer, im warmen Bett zu liegen und gegen den Schlaf zu kämpfen. Sosehr sich Frau Lizzi bemühte, wach zu bleiben, fielen ihr die Augen zu. Sie riss sie wieder auf, aber die Lider waren ungeheuer schwer geworden. Fünf Minuten nur, dachte Frau Lizzi.
Im Traum tanzte sie mit Mirko auf einer großen Wiese, der Ziehharmonikaspieler saß in der Astgabel einer riesigen Buche. Da kratzte eine Katze an einer Tür.

Wie kommt die Tür auf die Wiese?, dachte Frau Lizzi, einen Herzschlag später war sie wach. Jemand schlich durch ihr Zimmer!

Sie bemühte sich ruhig weiterzuatmen wie im Schlaf, blinzelte durch halb geschlossene Lider. Die Dunkelheit war so dicht, dass sie gar nichts sehen konnte, sie musste sich auf ihre Ohren verlassen. Ein Bodenbrett knarrte. Die Schritte hielten inne, sie spürte die Gegenwart eines Menschen, aber sosehr sie sich auch konzentrierte, wusste sie doch nicht, wer auf Armeslänge entfernt neben ihrem Bett stand. Sie atmete tief ein, auch der Geruch verriet nichts.

 Ihre Nase begann zu kribbeln. Sie bemühte sich, an etwas anderes zu denken, aber vergeblich. Ein ungeheures Niesen brach hervor, ließ die Bettfedern aufquietschen. Mit zwei, drei Sprüngen war der nächtliche Besucher an der Tür, die Tür fiel krachend ins Schloss.

Frau Lizzi sprang aus dem Bett, lief aus dem Zimmer, aber sie sah niemanden. Leer und still lag der Gang, nur die Notlampen warfen kleine Lichtkegel auf die dunkle Tapete.

Frau Lizzis Füße wurden kalt, ein eisiger Lufthauch wehte sie an. Sie kroch ins Bett zurück. So müde sie gewesen war, so hellwach war sie jetzt. Bis zum Morgengrauen lag sie und wartete. Doch niemand kam.
Sie hörte noch die Turmuhr der Kirche fünfmal schlagen, dann schlief sie ein und wachte erst auf, als sie draußen Schritte und lautes Reden hörte.
Ächzend wälzte sie sich aus dem Bett, duschte heiß, duschte kalt, ließ die Schultern kreisen und die Arme, aber es war eine sehr wackelige alte Frau, die mühsam Stufe für Stufe in den Speisesaal hinuntertappte.
Oh, Vamperl, stöhnte sie leise, ich werde langsam zu alt für dich. Wenn ich dich nicht bald finde …
Sie verbot sich, den Gedanken zu Ende zu denken. Vor der Tür straffte sie sich und betrat hocherhobenen Hauptes den Raum. Wer immer es gewesen war, der ihr diese schreckliche Nacht

 beschert hatte, er sollte nicht den Triumph haben, sie geschlagen zu sehen.
Jeden, der sie fragte, wie sie geschlafen habe, musterte sie genau. »Hervorragend«, log sie.
Mirko lachte. »Wir müssen wieder tanzen«, erklärte er. »Sie sind eine wunderbare Tänzerin.«
Herr Stanzer hatte schwarze Ringe unter den Augen. Aber das konnte natürlich auch von seinem Unfall kommen.
Eusebius war merkwürdig zerfahren. Wenn ihn jemand ansprach, zuckte er zusammen. Als Lucinda gleichzeitig mit ihm nach dem Brotkorb griff und seine Hand berührte, warf er seine Kaffeetasse um.
Der Reiseleiter konnte keine Minute stillsitzen, sprang immer wieder auf, strich Butter auf den Käse statt auf sein Brot.
Das Ehepaar Schmied flüsterte Kopf an Kopf.
Denise und Dennis fütterten einander wie immer mit den besten Bissen.
Wir werden ja sehen, dachte Frau Lizzi.

Vorsicht!

Frau Lizzi fand Hermannstadt schön, aber anstrengend für ihre Knie. Sie hatte Ansichtskarten an Hannes und an den Wetterkundler geschrieben und für beide prächtig geschnitzte Bleistiftschachteln gekauft. Jetzt war sie froh, dass sie wieder im Bus saß und die wundervolle Aussicht auf die Berge im Sitzen genießen konnte.

Erlebnisse mit Vamperl gingen ihr durch den Kopf. Es gab so viele Kirchtürme, so viele Schlösser, so viele alte Klöster in diesem Land, so viele Plätze, wo eine junge Vampirfamilie sich höchst gemütlich einrichten könnte. Sie war überzeugt, dass Vamperl und Vamperlina inzwischen Kinder hatten oder mindestens ein Kind. Sobald sie nach Hause kam, musste sie sich erkundigen, wie lange die Tragzeit bei Fledermäusen dauerte. Obwohl natürlich das, was für Fledermäuse galt, nicht für Vampire gelten musste,

 und schon gar nicht für Vamperl und seine Gefährtin.
Der Bus blieb stehen, die Gesellschaft folgte artig dem Reiseleiter zu den Resten einer alten Burganlage. Denise und Dennis kletterten sofort auf die brüchige Mauer und baten Frau Lizzi, sie da oben zu fotografieren. Im Sucher sahen die beiden noch jünger und noch strubbeliger aus als sonst.
Eusebius erzählte Leonora irgendetwas, sie lachten vergnügt und achteten nicht darauf, dass sowohl Frau Pfeiffer als auch Herr Stanzer sie mit höchst missbilligenden Blicken beobachteten. Lucinda hatte in der Wiese ein Kräutlein entdeckt, das sie schon lange suchte, und sich jubelnd daraufgestürzt. Herr Schmied betrachtete die Berge mit seinem üblichen sorgenvollen Blick, während seine Frau mit hocherhobenen Armen dastand und feierlich verkündete, dies sei ein ganz besonderer Platz, sie fühle deutlich die Gegenwart der alten Götter. Sie begann zu sum-

men, eine sehr getragene Melodie, die an- und abschwoll.
»Wenn Sie Lust haben«, meinte der Reiseleiter, »können wir ins Dorf hinuntergehen. Viele Häuser sind verlassen, in manchen hat man den Eindruck, die Leute könnten jederzeit zurückkommen.«
Frau Lizzi stimmte so eifrig zu, dass niemand das Herz hatte, etwas Gegenteiliges zu sagen.
Die Dorfstraße war leer, vor einem Haus döste ein dicker Hund in der Sonne und ließ sich nicht von den Fliegen stören, die um seine Schnauze surrten. Wenn nicht hin und wieder seine Ohren leicht gezuckt hätten, hätte man glauben können, er sei tot. Vor einem der Häuser blühten zwischen Brennnesseln und Disteln rote Rosen und sonnengelbe Ringelblumen.
Frau Lizzi öffnete das schiefe Gatter und marschierte entschlossen zum Haus. Die Tür knarzte laut beim Aufgehen. Frau Lizzi spazierte durch die Küche mit dem riesigen gemauerten

Herd in die Stube, wo Spinnen kunstvolle Netze vor die Fenster gehängt hatten. Dann kletterte sie über die steile Holztreppe hinauf. Goldene Staubkörnchen tanzten in den Lichtkegeln, die durch die kleinen Fenster in den stickigen Raum fielen.

Plötzlich hörte sie Schritte und drehte sich um.

»Ach, Sie sind es, Herr Stanzer!«

Auch in dem düsteren Raum sah sie, wie weiß sein Gesicht war.

»Sie haben es längst gewusst«, stieß er hervor.

»Was?«, fragte sie, um Zeit zu gewinnen.

Er hob gebieterisch die Hand. »Meine Forschungen sind an einem Punkt angelangt, wo ich nicht mehr allein weiterarbeiten kann. Ich brauche Mitarbeiter.«

»Aber Sie haben doch Eusebius. Er ist ein so netter Kerl.«

»Leider nur das. Ich brauche *fähige* Mitarbeiter, nicht *nette*, ich brauche einen Computer mit Spezialprogrammen. Und ich brauche Geld. Nicht für mich! Ich stehe vor Erkenntnissen, die das gesamte Weltbild revolutionieren werden. Sagen Sie selbst, was wichtiger ist: ob eine alte Tratschtante Perlen um den faltigen Hals trägt

 und eine eitle Ziege sich mit einem goldenen Armband beschwert oder ob das Sinnliche und das Übersinnliche endlich versöhnt ein neues Zeitalter höherer Erkenntnis begründen können. Für all das brauche ich Geld, Geld und nochmals Geld. Die Zeiten sind vorüber, wo ein Forscher alleine Entdeckungen machen konnte, die die Welt verändern. Und darum, nur darum musste ich den Schmuck an mich nehmen!«
Seine Stimme war fast umgeschlagen, er stand hoch aufgerichtet vor ihr mit ausgestreckter Hand.
»Also ich weiß nicht«, stotterte Frau Lizzi, »das ist alles viel zu kompliziert für mich, ich bin eine dumme alte Frau …«
Er trat einen Schritt näher. »Es hat keinen Sinn, wenn Sie versuchen, sich zu verstellen. Ich weiß, wer Sie sind, und ich dulde nicht, dass die Mächte der Finsternis den Siegeszug des Lichtes behindern!«, schrie er, packte ihre Schultern und schüttelte sie mit einer Kraft, die ihm niemand zugetraut hätte. »Wenn es nötig ist, so

bringe ich auch Sie auf dem Altar der Wissenschaft als Opfer dar!«
Frau Lizzi wurde schwarz vor Augen, ihre Beine kippten unter ihr weg. Sie versuchte, um Hilfe zu rufen, aber eine harte Hand hielt ihr den Mund zu.

Da schrie Herr Stanzer auf und ließ sie los.
Frau Lizzi fiel mit dem Rücken gegen die Wand, konnte sich gerade noch an einem Balken festhalten.
»Was habe ich nur getan?«, flüsterte Herr Stanzer. »Um Himmels willen, was habe ich getan?«
»Vamperl!«, schrie Frau Lizzi.
Herr Stanzer rang die Hände. »Jetzt ist sie ver-

 rückt geworden, und alles durch meine Schuld. Gütiger Himmel, was tu ich bloß?« Er wankte zum Fenster und kämpfte mit dem verrosteten Riegel.

»Vamperl!«, wiederholte Frau Lizzi. »Wo bist du?«

Der Privatgelehrte hatte einen Teil des Riegels aus der Wand gerissen, aber das Fenster brachte er trotzdem nicht auf, so sehr war es von Schmutz verkrustet. Er schluchzte vor sich hin.

Frau Lizzi beschloss, ihn zu trösten. »Machen Sie sich keine Sorgen, mir geht's gut, und wenn Sie mich kurz allein lassen, wird es mir bald noch besser gehen. Ich komme gleich nach.«

Zögernd, aber gehorsam kletterte Herr Stanzer hinunter.

Kaum hatte er den Raum verlassen, spürte Frau Lizzi einen Luftzug, gleich darauf wurde ihre Wange mit feuchten Küssen bedeckt.

»Vamperl!«, rief sie immer wieder. »Ach, wie ich mich freue!«

Vamperl kuschelte sich in ihre Halsgrube, zupfte an ihren Fingern, an ihren Haaren.

»Du hast ja keine Ahnung, wie sehr du mir gefehlt hast!«

Er fiepte in den höchsten Tönen.

»Ist Vamperlina auch da?«, fragte Frau Lizzi, nachdem sie sich ein wenig gefasst hatte.

Sie ging zum Fenster, weil sie Vamperl richtig sehen wollte. Ohne viel Hoffnung rüttelte sie am Rahmen. Offenbar hatte Herr Stanzer die Schmutzschicht doch gelockert, denn es gelang ihr, das Fenster zu öffnen.

Sonnenlicht flutete herein, erhellte den Raum bis in den letzten Winkel.

Vamperl krallte sich in Frau Lizzis Haaren fest und zog sie zu einem Balken. Da saß Vamperlina und links und rechts von ihr hockten zwei Vampire, gerade so winzig, wie Vamperl gewesen war, als sie ihn damals im Spinnennetz gefunden hatte!

Frau Lizzi spürte einen Knoten im Hals. Be-

vor sie noch schlucken konnte, rannen ihr dicke Tränen über die Wangen. »Ich hör gleich auf«, schluchzte sie, aber sie konnte nicht aufhören, die Tränen quollen immer heftiger.

Vamperl begann ihre Tränen wegzuschlecken, aber gegen diesen Strom kam einer allein nicht an. Er fiepte kurz und dann hingen auch Vamperlina und die beiden Kleinen an Frau Lizzis Wangen.

Einer von den Winzlingen kitzelte sie beim Trinken mit seinen winzigen Pfoten hinter ihrem Ohr

und sie fing an zu lachen, bis sie sich hinsetzen musste.

In der Ferne hupte Mirko dreimal.

»Ich muss gehen«, seufzte Frau Lizzi. »Aber ihr müsst mit mir kommen. Bitte! Ich würde mich so freuen!« Einladend öffnete sie ihre Handtasche.

Vamperlina war offensichtlich nicht begeistert von dem Vorschlag, aber sie kroch zusammen mit Vamperl und ihren Kindern in Frau Lizzis große Tasche.

Als Frau Lizzi am Fuß der Treppe ankam, stand Herr Stanzer mit ausgebreiteten Armen da, als glaubte er, er müsse sie auffangen. Er musterte sie, schlug sich an die Stirn.

»Wie Sie strahlen! Jetzt müssen Sie zugeben, wer Sie wirklich sind. Ich kann nur um Ihre Vergebung flehen …«

»Papperlapapp«, sagte Frau Lizzi.

Herr Stanzer bot ihr den Arm, wollte sie stützen,

aber sie brauchte beide Hände für ihre offene Tasche.

Sie herrschte ihn an: »Hören Sie, Sie haben schon genug Mist gebaut, jetzt tun Sie, was ich Ihnen sage. Fragen Sie nicht, sondern halten Sie einfach für 24 Stunden den Mund!«

Herr Stanzer schrumpfte wie ein Ballon nach einem Nadelstich. Dann ging er mit ausgebreiteten Armen hinter Frau Lizzi her, als fürchte er, sie könne jeden Moment fallen und er müsse sie auffangen.

Die Reisegesellschaft starrte den beiden entgegen, überschüttete sie mit Fragen. Aber Herr Stanzer blieb stumm.

Frau Lizzi schenkte jedem ein strahlendes Lächeln und machte es sich auf ihrem Sitz bequem. Die Tasche hielt sie mit beiden Händen auf dem Schoß.

Kuschelstunde

Frau Lizzi ging gleich auf ihr Zimmer. Vamperl kletterte als Erster aus der Tasche, half Vamperlina und den Kindern heraus. Alle vier stellten sich in einer Reihe auf, Vamperl schubste die beiden Kleinen, die sofort einen schönen Diener machten. Frau Lizzi streichelte ihre weichen Zottelhaare.

Wie Vamperl es fertigbrachte, Frau Lizzi mit Händen und Füßen zu erzählen, was seit seinem Abflug geschehen war, bleibt das Geheimnis der beiden. Wichtig ist nur, dass sie verstand.

Seine Ballonfahrt war höchst aufregend gewesen: Er war in ein Gewitter gekommen und hatte sich so gefürchtet, dass er den Kopf tief in den Schlafsack steckte und gar nicht merkte, dass es nicht mehr blitzte und donnerte. Erst als eine Schwalbe an seinem Schlafsack peckte, lugte er wieder heraus.

Kurz darauf trieb sein Ballon auf einen Felsen zu, im letzten Moment schaffte er es, sich an einer verkrüppelten Föhre festzuklammern. Dort wartete er, bis er sah, wie die Habichte sich von einer warmen Strömung hochtreiben ließen, dann folgte er ihrem Beispiel und gelangte sicher übers Gebirge. Der Ballon begann schon runzelig zu werden, da rüttelte ein Adler über ihm, er sah den offenen Schnabel, die scharfen Krallen, die starrenden Augen.

Adieu, Vamperlina, dachte er noch, aber da drehte der Adler ab und ließ sich wie ein Stein zu Boden fallen. Gleich darauf begann der Ballon zu sinken. Er landete auf einer Wiese.

Vamperl verlor kurz das Bewusstsein, und als er die Augen aufschlug, erblickte er Vamperlina zum ersten Mal. Sie half ihm, aus dem Schlafsack zu klettern.

An diesem Punkt seines Berichts küsste Vamperl seine Vamperlina.

Sie hatte den Adler mit lautem Fiepen und wil-

den Bewegungen abgelenkt und war in allerletzter Sekunde in ein Mauseloch geschlüpft.
In dem verlassenen Dorf schlug das junge Paar seine Wohnung auf. Sie freuten sich auf ein drittes Kind.
Frau Lizzi gratulierte ihnen zu den beiden hübschen Söhnen.
Vamperlina blickte ein wenig besorgt. Da erklärte Vamperl, dass der zweite Sohn manchmal seine köstlichen Beeren und leckeren Grassamen ausspucke und voll Bewunderung den Habichten und Adlern nachblicke.
Frau Lizzi meinte, es sei doch durchaus möglich,

dass dieser Sohn eines Tages ein ebenso tüchtiger Gift-aus-Gallen-Sauger werde wie sein Vater. Vamperl und Vamperlina hofften natürlich, dass sie recht hatte, doch fürchteten sie, dass er kaum Gelegenheit haben würde, diese Kunst zu lernen.

»Gebt ihn mir mit«, sagte Frau Lizzi. »Oder noch besser: Ihr kommt alle mit mir zurück nach Wien. Da gibt es genügend Gelegenheiten für den kleinen Kerl zu lernen, wie man Gift aus Gallen saugt. Ich kann euch sagen, es ist ungeheuer viel Galle nachgewachsen, seit Vamperl uns verlassen hat.«

Vamperl sah Vamperlina an.

Vamperlina sah Vamperl an.

»Wenigstens für kurze Zeit. Auf Urlaub sozusagen.« Frau Lizzi wandte sich an Vamperlina. »Dann siehst du auch, wo Vamperl aufgewachsen ist, das muss dich doch interessieren. Du lernst Hannes kennen und kannst dich bei dem Wetterkundler bedanken und …«

 Frau Lizzi wollte nicht sagen, dass sie den Gedanken schrecklich fand, sich so schnell wieder von Vamperl und seiner Familie zu verabschieden.

Vamperlina faltete die Flügel um ihren Kopf, die Kleinen fiepten aufgeregt, Vamperl putzte seine Fingernägel.

Frau Lizzi hielt den Atem an.

Endlich schüttelte sich Vamperlina und nickte.

Vamperl umarmte sie, umarmte Frau Lizzi, umarmte seine beiden Söhne, die anfingen, auf ihrem Schoß Purzelbäume zu schlagen.

»Genau wie du früher«, sagte Frau Lizzi.

Sie platzte fast vor Glück.

Plötzlich klopfte es an ihre Tür.

»Ist alles in Ordnung?«, fragte Denise. »Ich dachte, ich hätte seltsame Geräusche gehört.«

»Es ist alles in Ordnung!«, rief Frau Lizzi. »O ja, es ist alles in bester Ordnung! Ich wollte nur – ich wollte nur gerade duschen, daher kann ich Sie nicht hereinbitten.«

Die ganze Vamperlfamilie kugelte sich vor Lachen in einem Ball aus Fell und Nasen auf Frau Lizzis Schoß hin und her.

»Leise!«, mahnte Frau Lizzi. »Es ist besser, wenn niemand weiß, dass ihr hier seid. Sonst wollen die euch alle studieren, bis nichts mehr von euch übrig ist.«

Sofort versteckten sich die beiden Kleinen in Frau Lizzis Haarknoten.

»Ihr zwei braucht Namen. Wollt ihr Max und Moritz heißen? Die haben auch nur Unfug getrieben.«

Beide schüttelten sich und schnitten fürchterliche Grimassen.

»Vampi und Vampo?«
Neuerliches Kopfschütteln.
»Oder Purzel und Schnurzel?«
Dieser Vorschlag wurde von begeistertem Fiepen und neuen Purzelbäumen begrüßt.
Draußen tönte der Gong zum Abendessen. Frau Lizzi merkte plötzlich, dass sie Hunger hatte, aber sie wollte die Familie nicht allein lassen.
Da klopfte es wieder an die Tür und Denise rief: »Ich bringe Ihnen dann gleich ein Tablett herauf!«
Frau Lizzi machte Katzenwäsche, dann sperrte sie die Tür auf und lag ordentlich zugedeckt im Bett, als Denise mit dem Essen kam.
Sie erzählte, dass Herr Stanzer die Stimme verloren und sich in sein Zimmer zurückgezogen hatte, wünschte gute Besserung und eine ebensolche Nacht und versicherte Frau Lizzi, sie könne jederzeit rufen oder klopfen, wenn sie Hilfe brauche.
Frau Lizzi hätte ihr gern die Wahrheit gesagt,

aber Denise hätte garantiert alles Dennis verraten, und ob der den Mund halten konnte, stand auch nicht fest.
Kaum hatte Denise die Tür hinter sich geschlossen, stürzten Purzel und Schnurzel zur Suppenschale.

Sie hockten am Rand, beugten sich vor und schlürften und schlabberten wie zwei kleine Katzen. Einmal verlor Purzel das Gleichgewicht und tauchte den ganzen Kopf in die Suppe. Prustend und spuckend saß er schließlich auf dem Kopfkissen und schaute beleidigt drein.
Vamperlina fischte mit spitzen Fingern ein paar

 Nudeln aus der Schale und machte sich dann über den Salat her.
Vamperl putzte den Reis und die Erbsen weg.
Frau Lizzi wunderte sich, was die vier vertilgen konnten. Ihr blieb nur das Schnitzel übrig und die Schokoladencreme. Hungrig wie sie war, aß sie beides, obwohl sie weder das eine noch das andere mochte. Aber das machte ihr gar nichts aus. Sie war glücklich.
In der Nacht wachte sie einige Male auf und hörte zu, wie Vamperl und seine Familie friedlich schnarchten.
Eine schönere Musik gab es nicht auf der Welt, fand sie.

Und dann?

Du willst natürlich wissen, wie es weiterging. Also: Am nächsten Abend zeigte der Reiseleiter einen Film, den er von der Gruppe gedreht hatte. »Schrecklich, wie meine Haare aussehen!«, rief Frau Schmied.

»Nein, wie meine Glatze spiegelt«, klagte Herr Schmied.

»Aber so dick bin ich doch wirklich nicht!«, seufzte Leonora.

Jede und jeder hatten etwas an sich auszusetzen, nur Dennis und Denise kicherten und winkten sich auf der Leinwand zu.

Als es im Saal wieder hell wurde, lagen Frau Schmieds Perlen um ihren Hals und Frau Pfeiffers Armband baumelte an ihrem Handgelenk.

Lucinda hob beide Arme, tanzte mit fliegenden Tüchern und sang dazu: »Wir danken euch, ihr Unsichtbaren, für eure Güte.«

 Schließlich sank sie anmutig zwischen ihren wehenden Schleiern zu Boden.
Eusebius eilte zu ihr, streckte ihr beide Hände entgegen, um ihr aufzuhelfen. Sie zögerte, dann sprang sie auf und umarmte Eusebius.
Alle umringten Frau Schmied und Frau Pfeiffer, betasteten die Schmuckstücke, nur Herr Stanzer und Frau Lizzi hielten sich etwas abseits.
Herr Schmied rief ein ums andere Mal: »Ich kann es einfach nicht glauben!«
Frau Schmied rügte ihn: »Das ist eben der Unterschied zwischen uns. Du glaubst nicht einmal, was du mit eigenen Augen sehen und mit eigenen Händen greifen kannst.«
Plötzlich sagte Frau Pfeiffer: »Nach dieser Erfahrung fühle ich mich verpflichtet, einen kleinen Beitrag zu leisten. Wir sind ja in der glücklichen Lage, einen Mann unter uns zu haben, der seine ganze Kraft dieser immer noch traurig unterschätzten Wissenschaft widmet.«
Sie nahm Herrn Stanzer an der Hand und führ-

te ihn in die Mitte. »Es wird mir eine Freude und eine Ehre sein, das erste unterstützende Mitglied Ihrer Forschungen zu sein.«
»Und ich das zweite!«, rief Frau Schmied.
Herr Stanzer wurde dunkelrot, schnappte mit offenem Mund nach Luft und warf Frau Lizzi einen verzweifelten Blick zu.
Sie nickte ihm zu und lächelte.
Langsam entspannte sich Herr Stanzer und dann fing auch er an zu lächeln, und plötzlich platzte er los, lachte und weinte. Seine Schultern zuckten. Alle drängten sich zu ihm, klopften ihm auf Schultern und Rücken, packten seine Hände, schüttelten sie. Er setzte mehrmals zum Sprechen an, aber jedes Mal schüttelte Frau Lizzi den Kopf und er machte den Mund wieder zu.
»Danke«, presste er heraus, »danke, danke, danke!«
Ein allgemeines Umarmen und Abküssen begann. Leonora ging auf Mirko zu und umarmte ihn, einen Augenblick lang schaute er verwirrt,

 dann aber drückte er sie an sich und ließ sie nicht mehr los.

Sie bemühte sich allerdings auch nicht besonders, freizukommen und ihre Küsse und Umarmungen gerecht auf den Rest der Gesellschaft zu verteilen, wie Frau Lizzi feststellte.

In ihrer Tasche rumorte es, sie fürchtete jeden Augenblick, Vamperls Familie könnte herauskrabbeln und zur allgemeinen Verwirrung beitragen.
Der Reiseleiter ließ Wein kommen. Alle wollten mit Herrn Stanzer anstoßen. Er hob sein Glas. »Ich trinke auf die wunderbare Frau, die mich vom größten Fehler meines Lebens abgehalten hat«, sagte er und Frau Pfeiffer und Frau Schmied lächelten geschmeichelt und sagten: »Aber Meister, Sie hätten doch ohnehin nie aufgegeben!«
Frau Lizzi kämpfte mit einem heftigen Anfall von Schluckauf.

Tags darauf fuhr die Reisegesellschaft zurück nach Wien.
Aufgeregt und begeistert zeigte Vamperl seiner Familie die Wohnung, in der er aufgewachsen war. Als Hannes hereinstürmte, geriet Vamperl völlig aus dem Häuschen, hüpfte auf die Vor-

hangschnur, auf die Gardinen, schaukelte an der Küchenlampe und seine beiden Söhne machten alles nach.
Vamperlina fiepte, Frau Lizzi schimpfte, aber das hätten sie sich sparen können. Frau Lizzi war nur froh, dass Hannes sich damit begnügte, ebenfalls Purzelbäume zu schlagen, und nicht mit Vamperl auf die Gardinen kletterte, das hätten die Vorhangstangen nicht ausgehalten.
Frau Anna klopfte mit dem Besen an die Wand und kam schließlich selbst, um über den ungebührlichen Lärm zu schimpfen und sich ganz allgemein über Hannes zu beklagen.

 Für Vamperl war das eine wunderbare Gelegenheit, seinen Söhnen eine Vorführung im Gift-aus-der-Galle-Saugen zu geben.
Der zweite kam sofort angeflattert und nahm einen Schluck. Es schmeckte ihm sichtlich, er schmatzte laut und rieb sich den Bauch.
Eine Woche lang blieb die Familie bei Frau Lizzi, dann reisten sie, diesmal in einem gut gepolsterten Reisekorb mit vielen Luftlöchern und der Aufschrift ›Vorsicht, Glas!‹, als Expressgut in einem Gepäckwaggon zurück in ihr Dorf in Transsilvanien.
Purzel allerdings blieb bei Frau Lizzi und Hannes zurück.
Er ist bereits zu einem recht tüchtigen Giftsauger herangewachsen. Wenn du Glück hast, triffst du ihn vielleicht. Aber pass auf, er ist immer zu Streichen aufgelegt und manche davon sind nicht ganz ungefährlich. Frau Lizzi jedenfalls behauptet steif und fest, dass sein Vater nie so schlimm gewesen ist.

Inhalt

Wiedersehen mit Vamperl